파리의 식인종

Cannibale
by Didier Daeninckx

이 도서의 국립중앙도서관 출판시도서목록(CIP)은
e-CIP 홈페이지(http://www.nl.go.kr/cip.php)에서 이용하실 수 있습니다.
CIP제어번호 : CIP2007003227

파리의 식인종

Cannibale

디디에 데냉크스 소설 김병욱 옮김

도마뱀출판사

차 례

누벨칼레도니(Nouvelle-Calédonie, 영어명 뉴칼레도니아)는 남태평양에 위치한 군도로, 현재 프랑스의 해외영토에 속한다.

이곳 원주민들은 1853년 프랑스에 점령당한 이후 끊임없이 독립을 추구해왔다. 1980년대 중반에는 프랑스 정부군과 대규모 무력 충돌사태까지 일으켰고, 결국 1998년 당시 프랑스 총리였던 리오넬 조스팽의 주재로 프랑스와 누벨칼레도니 사이에 '누메아 협정'이 체결됨으로써 독립의 발판을 마련하게 되었다. 이는 프랑스가 국방·치안·사법·화폐 영역을 제외한 권한을 누벨칼레도니에 이양하며, 2014년에서 2019년 사이에 국민투표를 실시하여 누벨칼레도니가 완전히 독립할 것인지, 프랑스 공화국의 일부로 남을 것인지를 스스로 결정하게 한다는 내용을 담고 있다.

누메아 협정이 체결된 그해에 발표된 이 소설은 협정이 체결되기 전, 즉 누벨칼레도니에서 식민 통치에 반대하는 반란의 불길이 한창 타오르던 1980년대를 작중 현재 시점으로 한다.

포우에보

탕도

이앙겐

품

투오

푸앵디미에

그랑드테르

카날라

무앵두

라포아

누메아

우베아

리푸

마레

일 데 팽

무슨 권리로 새들을 새장에 가두는가?
무슨 권리로 저 노래하는 것들을 작은 숲과
샘과 여명과 구름과 바람으로부터 떼어내는가?
무슨 권리로 저 산 것들의 생명을 훔치는가?

— 빅토르 위고

타오르는 불길

자동차로 가면 놀라운 경관들을 제대로 감상할 수 없지만, 푸앵디미에에서 탕도까지 오십 킬로미터나 되는 길을 걸어서 갈 힘이 내게 없어진 지는 이미 오래다. 차체를 스치는 바람 소리와 윙윙거리는 엔진 소리가 니아울리 나무 꼭대기에 붙어 있는 큰 박쥐들의 울음소리를 지우고 있다. 나는 눈을 감고 추억 속으로 잠겨든다. 지난날, 우리는 바로 저기 소나무들이 원기둥처럼 늘어서 있는 곳을 지나자마자 붉은 흙길에서 벗어나 숲 속으로 들어간 뒤, 평소에 늘 다니던 길을 따라 걸어가야 했다. 백년 묵은 용수 무화과나무 근처에 이르면 부족 어르신들이 가르치셨던 대로 잠시 걸음을 멈추고 묵상에 잠겼다. 뿌리가 허공으로 뻗어 나와 아치 모양의 통로를 이루며 마치 죽음을 향해 뚫린 문같이 보이는 나무였다. 묵상이 끝나면 우리는 다시 길을 떠났다. 길은 산허리를 감으며 휘어져 있어, 가다 보면 우리의 머리가 능선 위로 불쑥 솟아오르게 되는 순간이 있었다. 그럴 때 우리는 걸음을 멈추고 숨도 멈추었다. 한순간 세상의 얼굴이 완전히 변해버렸기 때문이다. 늘 보던 붉은 땅과 잎사귀들의 짙은 초록과 나뭇가지들의 은빛 외피가, 세상을 온통 뒤덮어버린 푸른빛에 지워져 홀연히 자취를 감추어버렸다. 우리는 눈을 껌벅거리며 저 멀리 바다와 하늘이 맞닿은 선을 분간해보고자 했다. 그러나 부질없는 일이었다. 거기에서는 모든 것이 시선만큼이나 투명했다. 우리는 차츰 대기의 떨림에 길이 들었다. 흰 거품이 환초環礁*의 구불구불한 가장자리를 따라 간들대고 있었고, 먼 난바다에는 너무나 새하얀 모래가 작은 섬들의 해안마다 빛나고 있었다.

---

* 주로 태평양과 인도양에 분포하는 고리 모양의 산호초. 안쪽은 얕은 바다를 이루고 바깥쪽은 큰 바다와 닿아 있다.

카로가 물웅덩이를 피하기 위해 급히 핸들을 꺾는 순간, 나는 몽상에서 깨어난다.

— 미안해. 저걸 미처 못 보았네. 하마터면 빠질 뻔했어. 내가 잠을 깨웠나?

— 아니, 이앙겐 만灣을 바라보고 있었어. ……정말 믿을 수 없을 만큼 아름답군.

카로가 웃음을 터뜨리기 시작한다. 그는 핸들에서 한 손을 떼어내 나의 어깨를 두드리며 말한다.

— 맞아, 고세네! 너무나 아름다운 경치인데다, 두 눈을 감으면 한층 더 멋져 보이지.

— 쓸데없는 소리 말고 앞이나 잘 보도록 하게.

백여 미터 전방에 잘린 야자나무 두 그루가 길을 가로막고 있다. 카로의 표정이 다시 심각해지더니 조금씩 브레이크를 밟아 차의 속도를 줄인다.

— 이 지역에 저런 바리케이드가 있다는 걸 자네는 알고 있었나? 출발하기 전에 라디오를 듣긴 했네만 아무 얘기도 없었는데.

— 아니, 하지만 저런 게 점차 확산되리란 건 짐작할 수 있

는 일이었어. ……이미 몇 주 전부터 그랑드테르*의 북부지
역 전체가 완전히 고립되었는데도, 지금까지 그저 조용하기
만 해. 아무도 그것에 대해 얘기하고 싶어하지 않아. 이 나라
에서 반란은 가시덤불 불 같다네. ……애초에 꺼버려야 하지.
그렇게 하지 않았다간…….

　바로 그때, 덮개를 씌운 작은 트럭 한 대가 눈에 들어왔다.
일본제로 보이는 그 트럭은 바나나나무의 넓은 잎사귀들 뒤
에 숨겨져 있었다. 묵직한 라스타 모자를 눌러쓰고 청바지와
줄무늬 티셔츠를 입은 청년 두 명이 우리 쪽으로 총을 겨눈
채 트럭 운전석 뒤에 몸을 숨기고 있었다.

　나무처럼 자라는 고사리의 끄트머리에 매달린 카나키** 깃
발이 그들의 머리 위에서 펄럭거리고 있다. 본능적으로 나는
목소리를 낮추어 나지막이 말한다.

　─ 절대 저 친구들이 있는 곳으로 곧장 가서는 안 되네. 아

---

* '넓은 땅(Grande-Terre)'이란 뜻으로, 누벨칼레도니 군도에서 가장 큰 섬을
가리킨다.
** 누벨칼레도니의 토착 원주민들은 자신들을 카낙(Kanak), 자신들의 나라를
카나키(Kanaky)라 부르고, 식민 모국에서 이주해온 백인들을 칼도슈(Caldoche)
라 부른다. 카낙은 '사람'을 뜻하는 하와이어 카나카(kanaka)에서 유래되었다.

직 어린 사람들이라 무슨 짓을 할지 몰라. ……약간 오른쪽으로 방향을 틀어서 저쪽 바위 옆에 차를 세운 뒤, 시동은 끄지 말고 기다리게. 내가 저들에게 가서 얘기를 해보겠네.

그들은 우리가 뭘 하려는지 이해한 것 같다. 바리케이드를 지키고 있던 그들 중 한 청년이 길바닥에 가로누운 야자나무를 타고 넘더니, 총을 휘두르며 잰걸음으로 우리 자동차가 있는 곳으로 다가온다. 나는 그가 외치는 소리를 들으려고 창문 밖으로 머리를 내민다.

— 돌아가요! 돌아가! 못 지나가요!

카로가 그 청년 앞에 닛산 자동차를 멈춰 세우며 말한다.

— 나는 산으로 가야 하오. 고세네 노인을 탕도 부족에게 바래다주는 길이지. 그런 다음 푸앵디미에로 되돌아갈 거요. ……바로 옆이라오.

나는 반군의 얼굴을 보지 않고 그저 그의 셔츠에 실크스크린으로 날염된 밥 말리의 얼굴만 바라본다.

— 못 알아듣겠어요. 영감님? 길이 모두 차단되었소. 아직 시간이 있을 때 얼른 돌아가요. 저녁쯤 되면 모든 길에 바리케이드가 쳐질 테니까. 품에서 누메아* 입구까지 모조리 말

이오!

나는 카로에게 고집을 부려서는 안 된다고 말하고 싶었지만 그럴 틈이 없다. 이미 그가 사정하듯 말하고 있다.

— 거의 다 왔소이다. 이십 킬로미터도 채 남지 않았다오.

그러자 청년이 장총 개머리판으로 자동차의 보닛을 내려치며 외친다.

— 돌아가요! 알겠소? 군말 말고, 얼른 돌아가요!

카로가 기어 박스에 요란한 소리를 내며 후진 기어를 넣자, 나는 자동차 문을 열고 한 발을 밖으로 내딛는다.

— 자네는 지금 바로 떠나는 게 좋겠네. 난 여기서 내리도록 하지. ……젊었을 때는 매달 한 번씩 걸어다니던 길이야. 아직은 내 다리가 탕도까지 걸어 올라갈 수 있을 정도는 돼.

나는 자동차를 몰고 돌아가는 그의 모습을 지켜본다. 뒷바퀴가 붉은 모래먼지를 일으키며 길 위로 미끄러져 간다. 닛산은 흔들흔들 비탈길을 올라가다가, 언덕 꼭대기 근처에서 마치 뒷발로 일어서려는 것처럼 하더니 이내 계곡 속으로 사라

---

*누벨칼레도니의 주도이며 가장 큰 항구 도시로, 1998년 5월 5일 바로 이 도시에서 '누메아 협정'이 체결되었다.

진다. 카낙 청년이 내 쪽을 돌아보며 폭소를 터뜨린다.

— 영감님의 백인 운전수가 잔뜩 겁을 집어먹은 것 같군요.

나는 어깨를 한 번 으쓱하고는 그를 흘겨본다.

— 자네가 무서웠던 게 아닐세. 단지 자네의 손에 총이 들려 있고, 자네가 총을 잘 다룰 줄 모르는 게 뻔히 보이니 그런 거지.

그는 눈살을 찌푸리며 뭔가 항변을 하고 싶은 눈치지만, 내 흰 머리카락과 이마와 손에 잡힌 주름이 그의 말문을 막는다. 그는 장총의 멜빵을 어깨에 둘러메더니 바리케이드를 우회하여 원래 있던 곳으로 돌아간다. 그의 동료는 책상다리를 하고 앉아 장작불을 지피고 있고, 장작 위에는 옆구리가 검게 탄 주전자가 올려져 있다. 그리고 그 옆으로 갯가재 몇 마리가 수건 위에 놓여 있다.

— 영감님, 왜 백인이 모는 자동차에 타고 있었소? 우리 부족은 늘 그들 앞에서 굽실거리며 살아야 했지 않소.

나는 바나나나무의 잎을 하나 따서는 장작불 앞에서 흔들어 불꽃을 일으키며 말한다.

— 자네가 뭘 알겠나. 우리 부족사람 모두가 벌벌 기었던

건 아닐세. 더구나 백인들 중에는 우리 부족사람들보다 훨씬 더 존경스런 사람들도 많이 있네. ……좀 전에 자네가 말을 들어보려고도 하지 않고 쫓아버린 사람은 나처럼 일흔 다섯 이야. 백인이지만, 자네나 나처럼 그도 카낙일세. 그는 자기네 종족의 감옥에서 수개월간 감옥살이를 했네. 나를 옹호하려 한 죄로 말이야…….

― 카낙 때문에 백인이 감옥살이를 했단 말이오? 그런 얘기는 난생 처음 들어보았소. 이봐, 칼리, 자네는 그게 가능한 일이라고 생각해?

칼리는 아무 대답도 하지 않는다. 단지 궁금해하는 듯한 표정을 지으며 잔 두 개에 설탕과 차 봉지를 넣는다. 그러고는 비로소 나를 똑바로 쳐다보며 말한다.

― 영감님도 드시겠소?

― 고맙네. 그러잖아도 여기까지 오는 동안 목이 좀 말랐는데……. 게다가 탕도로 올라가는 길을 떠나기 전에 좀 쉬었으면 좋겠어.

칼리가 가방에서 잔을 하나 더 꺼내더니 그것을 닦아 내 앞에 놓고는, 차가 든 상자와 설탕을 내 쪽으로 민다. 그리고 잔들에 물을 부으며 말한다.

— 와티오크가 가재를 잡았지요. 영감님도 같이 좀 드시겠
어요?

나는 머리를 끄덕인 후 입술 사이로 뜨거운 차를 조금 들이
마신다. 와티오크가 내 맞은편에 쪼그리고 앉으며 말한다.

— 정말이지 저는 어떻게 해서 그 사람이 영감님 때문에 감
옥에 갈 수 있었다는 건지 이해가 가지 않소.

— 나 때문이 아니라, 나를 구하기 위해서였다네! 잘 믿기
지 않겠지만, 내 이야기에는 그것보다 더 놀라운 일들도 많
아······.

칼리가 손가락으로 담배를 한 개비 말더니 나에게 담배통
과 종이를 내민다. 나는 사양한다는 뜻으로 손을 내젓는다.

노인의 이야기 — 1931년 파리의 식인종

　내 이름은 고세네라고 하네. 나는 카날라에서 태어났지만 어찌어찌하다가 이앙겐 만의 높은 계곡들을 알게 되었고, 현재 내 가족은 그곳에 살고 있지. 아주 오랜 전에, 내가 자네들처럼 젊고 원기 왕성할 적에, 나는 촌장님으로부터 서른 명 가량의 젊은이들과 함께 누메아로 가라는 지시를 받았어. 개중에는 여자 아이들도 십여 명쯤 되었다네. 무슨 일로 거길 가라고 하는지는 몰랐네……. 군인들이 우리를 라 포아까지 데려다주었어. 짐수레 길로 꼬박 이틀을 걸어갔지. 도착하니 트럭 여러 대가 우리를 기다리고 있더군. 우리는 트럭을 타고 누메아로 내려갔고, 거기에서 우베아 섬, 리푸 섬, 마레 섬에서 온 다른 카낙들과 합류했어. 전부 합해서 백 명이 넘었을 거야. 모두가 항구에 있는 어느 거대한 과일 창고에서 잠이 들었는데, 불라 대추장이 우리를 깨우더니 총독 보좌관으로 일하는 조제프 귀용이라는 프랑스인을 우리에게 소개하더군. 그는 처음부터 우리를 "나의 친구들"이라고 불렀지만, 물론 어느 누구도 그의 말을 곧이곧대로 듣지는 않았어. 그는 일차세계대전 때 모국 프랑스를 구하러 출정한 우리네 아버지들과 삼촌들에게 잔뜩 경의를 표한 뒤, 우리가 이튿날 당장 유럽으로 떠나게 된다고 통고하더군.

— 이번 여행은 여러분에게 일생일대의 기회입니다. '프랑스 식민지 연맹'이 총독님께 중재를 부탁한 덕택에, 누벨칼레도니가 이번 식민지박람회*에 전격적으로 참여할 수 있게

---

*20세기 초, 거대한 해외영토를 보유한 프랑스는 식민주의 제국의 영광과 이념을 선전하고 식민지 정책의 필요성과 정당성에 대한 대중적 합의를 이끌어내고자 갖가지 식민지 관련 행사들을 개최하였다. 그중 1931년 파리에서 열린 식민지박람회는 그러한 제국주의 문화의 절정을 보여주는 초대형 전시로서, 방대한 뱅센 숲에 식민지 각국을 상징하는 화려한 건축물들을 재현해놓고 각국 공연단과 이국적 볼거리들이 빚어내는 엄청난 규모의 축제였다. 프랑스 정부가 환상적으로 왜곡해놓은 이 제국주의 박람회는 그 후 오랫동안 프랑스인들의 마음속에 식민지에 대한 환상을 심어놓게 된다.

되었습니다. 여러분은 아프리카, 아시아, 아메리카 등 문명화의 길을 걷고 있는 여러분의 다른 형제들과 함께 오세아니아의 전통 문화를 소개하게 될 것입니다. 이제 여러분은 여러분의 노래와 여러분의 춤을 통해, 식민지 경영이란 것이 단지 밀림을 개간하고 부두와 공장을 건설하고 도로를 구획하는 것만이 아니라, 대초원과 숲과 사막의 거친 심장에 인간적인 따스함을 스며들게 하는 것이기도 하다는 사실을 사람들에게 보여주게 될 것입니다…….

그리하여 우리는 1931년 1월 15일, '빌 드 베르됭' 호號에 승선했다네. 우리는 최하급 승객으로 제3갑판에서 생활했지. 낮에는 너무 덥고 밤에는 너무 추웠으며, 누벨제브리드*에 기항할 때쯤에는 여러 사람이 말라리아에 걸렸다네. 내 기억이 정확하다면 세 명이 죽었는데, 리푸 섬 웨 출신의 몸이 하얀 알비노 카낙이었던 '바지'라는 이도 그중 한 명이었지. 선원들은 시신들을 그냥 바다로 던져버렸어. 사람은 태어나서는 산 사람들과 함께 살고, 죽어서는 죽은 사람들과 함께 산

---

* 영어명은 뉴헤브리디스. 누벨칼레도니 북쪽에 위치한 화산군도로, 1980년 영국과 프랑스의 공동 통치로부터 독립하여 바누아투 공화국이 되었다.

다는 사실을 그 선원들에게 설명해주고 싶었지만, 그들은 우리에게 전혀 그럴 짬을 주지 않았어. 죽은 이들은 바다에서는 살 수가 없네. 자기네 부족 사람들을 다시 만날 수가 없단 말일세…….

우리는 4월 초에 비가 내리는 마르세유 항에 도착했어. 군용차 여러 대가 졸리에트 부두에서 대기하고 있다가 곧장 우리를 생샤를 역驛으로 데려갔지. 그랑드테르의 관목 숲만 알던 내가 갑자기 프랑스에서 두 번째로 큰 도시를 가로질러 가게 된 거야. 당시 영화관이란 데도 한 번 가본 적이 없던 내가 말일세……. 우리 앞에 펼쳐지는 놀라운 광경을 하나도 놓치지 않으려고 얼마나 눈을 부릅떴던지 눈이 다 시큰거렸지. 휘황한 불빛들, 자동차, 전철, 상점, 분수대, 광고판, 영화관, 극장……. 역에 도착했을 땐 다들 꼼짝할 엄두도 내지 못했다네. 기차의 기적소리와 씩씩대며 뿜어 나오는 증기, 자욱한 연기와 시끄러운 소음으로 인해 잔뜩 겁에 질린 채, 우리는 한 무리 양떼처럼 찰싹 달라붙어 있었네. 나는 피로에 절어 완전히 녹초가 되어 있었어. 파리로 가는 동안 내내 거의 아무것도 보지 못했지. 모르방 산맥 위로 눈이 조금 흩날리던 그 마술 같은 한 순간을 빼고는 말이야. 나는 되도록 미노에 곁에 바짝 붙어 있었어. 미노에는 내 정혼자였고, 카날라 부족의 부추장인 미노에의 아버지에게 따님을 잘 보살피겠노라고 맹세를 했으니까.

파리에 도착하자, 총독 보좌관이 누메아에서 우리에게 했던 약속들은 하나도 지켜지지 않았네. 우리에게는 도시를 둘러볼 권리도, 휴식을 취할 권리도 없었어. 이제부터는 박람회 지휘부가 우리를 맡게 되었는데, 지휘부는 우리가 대도시의 좋지 않은 것들과 일체 접촉하지 않기를 바란다고 어느 관리가 설명해주더군. 우리는 트럭을 타고 센 강을 따라갔어. 그들이 마침내 우리를 내려준 곳은 뱅센 동물원 안에 재현되어 있는 카낙 마을이었다네. 사자들이 어슬렁거리는 굴과 악어 떼가 우글대는 늪지 사이, 철책으로 외부와 차단된 곳이었지. 그 짐승들이 울부짖는 소리는 우리를 공포에 떨게 했어. 이곳 그랑드테르에서는 고작 희고 푸른 줄무늬 물뱀만 조심하면 되지 않는가. 더욱이 꼬마 녀석들은 그놈들과 장난까지 치는 마당이니 말일세. 물뱀이 아가리를 쩍 벌리며 물려고 달려드는 경우는 참 드문 일이지!

거기 도착한 바로 그 다음날부터 사람들이 오더니 우리를 길들이려 들었다네. 우리가 무슨 야생 짐승이라도 되는 듯 말일세. 우리는 엉터리로 대충 지어놓은 움막에서 불을 피워야 했는데, 지붕에서는 끊임없이 물이 떨어져 내렸어. 우리 남자들은 카누를 만드느라 돌보다 더 단단한 거대한 통나무를 파야 했고, 그동안 여자들은 정해진 시간에 나가서 필루필루 춤을 추어야 했지. 처음에 그들은 여자들이 미사용 드레스를 벗고 젖가슴을 그대로 내보이기를 바라기까지 했다네. 나머지 시간에는 추위에도 불구하고 어느 물웅덩이에 들어가 멱을 감고 헤엄을 치며 괴상한 짐승 소리를 내야 했어. 당시 나는 선교사에게 조금 배운 덕에 우리 부족사람들 중에서 프랑스어를 몇 자라도 읽을 줄 아는 몇 안 되는 사람 중 하나였지만, 우리가 갇혀 있는 구역의 잔디밭 한가운데에 걸린 현수막에서 "누벨칼레도니의 식인종 인간들"이라고 적힌 글귀의 두 번째 단어가 무엇을 의미하는지는 모르고 있었다네.

나는 거기서 참으로 많은 것을 보았지. 그러나 그들이 나와 내 동족의 삶으로 무슨 일을 꾸몄는지 전부 이해할 수 있게 되기까지, 나는 내가 본 것보다 더 많은 것을 혼자 상상하거나 다른 사람들에게 귀동냥을 해야 했네. 식민지박람회장은 파리의 옛 성곽 너머에 펼쳐진 뱅센 숲 백 헥타르 이상을 차지하고 있었어. 주민 일억에 총면적 천이백만 제곱킬로미터에 달하는, 지구상의 거대한 식민주의 제국을 기리기 위한 백 헥타르였던 거지! 거기엔 캄보디아의 앙코르와트 사원도 재현되어 있었어. 태양에 금빛으로 물든 거대한 곤충 흉곽처럼 생긴 궁륭 다섯 채를 자랑하며 말이야. 그밖에 가봉도 있었고, 퐁디셰리와 카리칼, 찬데르나고르, 다호메, 그리고 근동 지방의 여러 나라들, 코친차이나, 우방기샤리, 라데지라드, 마리갈랑트*……. 이루 다 헤아릴 수 없는 무수한 지역의 건축물들이 들어서 있더군. 박람회장 안에는 전철까지 한 대 운행되고 있어서, 방문객들은 그걸 타고 이른바 '하루만의 세계 일주'를 할 수 있었다네. 담배 한 대 피우는 시간이면 한 대륙에서 다른 한 대륙으로 이동할 수 있었던 거지. 이번 박람회를 기회 삼아 잘 정비해놓은 프랑스 제일의 동물원은 거

---

*인도 남동부 해안의 퐁디셰리와 카리칼, 북동부의 찬데르나고르는 프랑스령 인도에 속했던 도시들이며, 다호메는 현재 서부아프리카의 베냉, 코친차이나는 식민지 시대의 베트남 남부지역, 우방기샤리는 현재 중앙아프리카공화국, 라데지라드와 마리갈랑트는 카리브 해에 위치한 프랑스 해외주 과들루프의 섬들이다.

기서 조금 떨어진, 생망데로 가는 도로와 인접한 구역에 있었네. 박람회 지휘부, 즉 고등판무관실은 그 반대편, 뢰이이 문門 근처, 바로 마다가스카르 관館 맞은편에 자리 잡고 있었지. 나중에 내가 어떤 극적인 상황에서 그 사무실에 쳐들어가 고등판무관 알베르 퐁트비뉴 씨와 대면하게 되는지는 적절한 때가 되면 자세히 얘기해주겠네.

아직은 박람회 개관을 목전에 둔 시점이야. 서류들이 잔뜩 쌓인 책상 앞에 앉아 있는 고등판무관의 모습을 나는 어렵잖게 상상할 수 있네. 고등판무관은······.

∼∽

고등판무관은 불안해하고 있다. 아주 작은 사고일지라도 무슨 일이 생기면 곧바로 그것이 자신에게 해를 끼치게 된다는 걸 잘 아는 까닭이다. 그는 자리에서 일어나 방안을 서성거리기도 하고 창밖을 내다보기도 하면서, 곧 뱅센에 모일 모든 국가 대표단 앞에서 자신이 연설하게 될 내용을 되새김질하고 있다.

— 여러 인종이 서로 충돌하고 알력을 일으키는 시대는 이제 끝났습니다. 어떤 인종은 지배를 하고 다른 인종은 복종을 하는 세계사의 시기는 이제 막을 내렸습니다. 모든 인종들이 서로 가까이 다가서는 새로운 시대가 시작되었습니다……. 이 박람회야말로 그러한 시대의 전조라 할 수 있습니다…….

그러고 나서 그는 소파에 털썩 주저앉아 포르트 포도주를 한 잔 삼키고는 라디오를 켠다. 《포스트 파리지앵》 방송 채널에서 알리베르가 부르는 이번 행사의 공식 행진곡 〈네뉘파르〉가 흘러나오자, 노래를 따라 흥얼거리는 그의 입가에 미소가 어린다.

중앙아프리카의 꼬마 검둥이가 고향을 떠나
식민지박람회를 보러 파리에 왔다네
너는 네뉘파르, 명랑한 쾌남아
우아하게 보이려고 두 발에 장갑을 꼈다네
네뉘파르, 어수룩하긴 해도 넌 귀여운 쾌남아
지렁이처럼 벌거벗고 하늘만 멀뚱멀뚱
머리카락은 쇠수세미처럼 뻣뻣하다네……

그는 주파수 다이얼을 이리저리 돌려본다. 뾰족한 바늘이 라디오의 계기판 유리 뒤에서 미끄러지면서, 이번 뱅센 숲에서의 모임에 참가하는 나라들이 내보내는 전파들을 열심히 찾는다. 어느 먼 곳에서 방송되는 뉴스 시그널 뮤직 하나가 문득 그의 주의를 사로잡자, 그는 잡음을 줄이기 위해 안테나를 이리저리 움직여본다.

— 친애하는 청취자 여러분, 안녕하십니까. 매주 그렇듯 이번 주에도 《라디오 튀니스》는 샤를 데 장브룅의 소개로 여러분께 '보호령의 목소리'*를 들려드리게 되어 기쁩니다. 1931년 5월 2일, 그러니까 바로 내일, 프랑스 공화국 대통령 가스통 두메르그 각하께서 루이 위베르 공잘브 리요테 원수와 함께 식민지박람회의 개막식을 거행하실 것입니다. 박물관, 영화관, 지하철역, 뱅센 동물원 등 모든 것이 잘 준비되었다고 합니다. 물론 튀니지는 주요 볼거리 가운데 하나입니다. 박람회장에 재현된 우리의 왕궁, 정원, 회교사원의 첨탑…….

그때 누가 집무실 문을 두드린다.

---

*튀니스는 튀니지의 수도로, 당시 튀니지는 알제리, 모로코와 마찬가지로 프랑스의 보호령이었다.

고등판무관은 라디오 볼륨을 낮추고, 포르트 포도주병과 술잔을 라디오 수신기가 놓여 있는 찬장 안으로 치우며 말한다.

― 들어오시오.

머리를 조아린 채 안으로 들어서는 뚱뚱한 삼십 대 남자의 몸무게 때문에 마룻바닥의 널빤지가 찌걱거리는 소리를 낸다. 고등판무관 알베르 퐁트비뉴가 자신의 보좌관을 아래위로 훑어보며 말한다.

― 아, 이제야 나타났군, 그리모! 벌써 두 시간째 자네를 찾고 있었어. 악어들은 대체 어떻게 된 건가? 오늘 아침에 나오면서 공원을 한 바퀴 둘러보았네만, 늪지에 악어가 단 한 마리도 없더군.

그리모의 이마에 땀이 솟는다. 시선을 아래로 떨어뜨리며 그가 대답한다.

― 판무관님, ……간밤에 심각한 문제가 발생했습니다. ……대체 어찌된 영문인지 아무도 이해를 못하고 있습니다.

― 그런 수수께끼 같은 얘긴 집어치우게! 악어들은 어디에 있는가?

― 갑자기 모두 죽어버렸습니다. ……먹이가 맞지 않았던

게 아닌가 싶습니다. ……누가 일부러 독살하려고 한 게 아니라면 말입니다.

그의 대답에 고위 관리는 할 말을 잊은 듯 잠시 가만히 있다가 버럭 고함을 지르기 시작한다.

그리모는 괴로운 표정으로 마른침만 삼키고 있다.

— 죽었다고! 모두 죽어버렸다고! 그럴 수가 있나……. 아니, 대체 악어들에게 뭘 먹였단 말인가? 슈크루트? 스튜? 자네는 지금 이게 어떤 상황인지 알고나 있는가, 그리모? 악어들을 카리브 군도에서 이곳으로 옮겨오는 데 석 달이 걸렸네. 자그마치 석 달이나 말이야! 내일 텅 빈 늪지 앞에서 대통령 각하와 원수께 내가 무슨 얘기를 해야 하지? 늪에다 수련睡蓮을 재배할 거라고 말씀드릴까? 그분들은 당연히 악어들을 찾으실 거네. 뭔가 해결책을 찾아야 해. 설마 여태껏 속수무책으로 시간만 보내지는 않았으리라 생각되네만…….

보좌관이 주머니에서 손수건을 꺼내 들고는 이마에 솟은 땀방울들을 찍으며 말한다.

— 곧 문제가 잘 해결되리라 생각합니다, 고등판무관님. 죽은 악어들 대신 개회식 때 쓸 동물 백여 마리가 곧 준비될 것

같습니다. 원산지가 다양한 악어들로 말이지요. ……오늘 밤 기차로 동부역驛에 도착합니다.

— 동부역이라고! 그럼 대체 어디에서 오는 것들이란 말인가?

그리모가 희미하게 미소를 지으며 대답한다.

— 독일입니다.

— 아니, 게르만 도롱뇽들이라고! ……두고 보면 알겠지. 한데 그 악어들을 어떻게 잡았는지 말해줄 수 있는가, 그리모?

그러자 보좌관이 신이 나서 몸을 흔들며 대답한다.

— 전화로 잡았습죠. 악어들은 프랑크푸르트의 회프너 서커스단에서 보내오는 겁니다. 이놈들은 이 년 전부터 이 서커스단의 주요 볼거리였는데, 이제는 사람들이 싫증을 내고 있답니다. 그래서 서커스단 측이 다시 대중의 관심을 사로잡을 뭔가 새로운 것으로 갈아치우려던 참에, 때마침 제가 기막히게 맞아떨어지는 제안을 했던 겁니다.

그러자 알베르 퐁트비뉴가 눈살을 찌푸리며 묻는다.

— 제안이라고? 알 만하구먼……. 함부로 괜한 일 벌인 게 아닌지 염려스럽네, 그리모.

— 그렇지는 않을 겁니다. 악어들을 받는 대신, 카낙들을 서른 명쯤 빌려주기로 했거든요. 서커스 순회공연이 끝나는 구월에 되돌려 받기로 하고 말입니다.

❦

와티오크가 나뭇가지를 하나 다듬어, 잉걸불 위로 물을 뚝뚝 흘리고 있는 빨갛게 익은 갯가재 세 마리를 나뭇가지에 꿴다. 그러고는 가재들을 내게 내밀며 말한다.

— 실제로 있었던 일 같지가 않아요, 영감님…….

— 얘기를 끝까지 다 들어보고 나서 판단해도 늦지 않네. 난 그때의 일들을 하나 빠짐없이 골백번도 더 되새김질해 보았다네. 당시의 일을 다룬 《릴뤼스트라시옹》* 지의 옛날 호들을 살펴보면서, 그리고 파리 지도를 펴놓고 그때 그 골목들을 하나하나 짚어가면서 말이네…….

나는 가재의 머리를 떼어내고 붉은 빛깔의 즙을 빨아 마신

---

* L'Illustration. 1843년부터 1944년까지 발간된 프랑스의 주간지이며, 풍부한 화보로 유명하다.

다. 가재가 손가락 밑에서 부서지며 허연 속살을 드러낸다. 카나키 깃발 근처, 앵무새 한 쌍이 나무처럼 자란 고사리의 가지 위에 앉아 지저귀고 있다.

ᨪ

식민지박람회 개장일 아침은 날씨가 그리 좋지 않았다. 공식 행렬의 방문은 돌격대처럼 후다닥 이루어졌다. 그리고 리요테 원수가 모로코 관에서 자신의 전훈戰勳을 추념하느라 시간을 지체하는 바람에, 그들이 새로 단장한 동물원을 둘러보는 시간은 단축되었다. 게다가 두메르그 대통령은 코끼리 같은 후피동물이나 물개 같은 강치과 동물에 알레르기가 있어, 그 자신은 사자 굴은 물론 카낙 식인종 마을과 독일 악어들이 있는 늪지 앞은 아예 지나갈 생각조차 하지 않았다!

우리는 기마 사열식을 거행하는 공화국 근위대의 팡파레만 겨우 들을 수 있을 뿐이었다. 정오쯤 날씨가 다시 좋아지자, 카낙 마을의 철책 건너편으로 호기심에 찬 방문객들이 차례로 몰려들기 시작했다. 프랑스 전역에서 몰려온 신이 난 가족들, 따닥따닥 붙어 촘촘히 줄들을 선 초등학교 어린이들의 행렬, 수녀모를 쓰고 지도 수녀님의 인솔하에 박람회장을 방문한 수녀님들, 깃털장식 모자를 쓴 생시르 육군사관학교 생도 대표단 등등. 사람들은 우리에게 빵이라든가 바나나, 땅콩, 캐러멜 따위를 던져주곤 했다. 심지어 돌멩이를 던지는 사람도 있었다. 그런 사람들 앞에서 우리네 여자들은 춤을 추고 남자들은 리듬에 맞춰 통나무를 파야 했다. 또한 오 분마다 우리 가운데 한 명이 구경꾼들 가까이 다가가서는, 그들을 놀래주려고 이빨을 모조리 드러낸 채 사나운 짐승처럼 비명을 질러야 했다.

우리는 단 일 분도 쉴 새가 없었다. 우리의 식사까지도 볼거리의 일부였다. 노트르담드생망데 성당에서 종이 울릴 때마다 우리 중 열 명이 각자 맡은 역할에 따라 나무기둥에 기어오르거나, 뛰거나, 엉금엉금 기거나, 투창을 날리거나, 활을 쏘거나 해야 했다. 그러다 정오가 한참 지났을 무렵, 경비대장이 경비원 여섯 명을 데리고 우리가 있는 구역으로 들어왔다. 그는 이름이 줄줄이 적힌 종이 한 장을 손에 들고 가까이 다가오더니 큰 소리로 호명했다.

— 와코카, 코페우, 와디가트, 타게트, 카랑뵈, 피지잠, 카토린, 키신, 미노에……

이름이 불린 사람들은 큰 오두막 안으로 들어가야 했는데, 우리는 그들이 마침내 휴식을 좀 취하러 가나보다고 생각했다. 미노에가 나지막한 문을 통과하려고 몸을 숙이다가 내 쪽을 돌아보며 미소를 지어보였다. 경비대장이 종이를 막 다시 접어 주머니에 넣었을 때, 악어떼가 있는 쪽에서 고함을 지르는 소리가 들려오기 시작했다. 누군가가 출입구의 철책을 세차게 흔들며 소리치고 있었다.

— 경비원, 어서 이 문 열어!

한 경비원이 급히 달려가 자물쇠를 열어주자, 고등판무관 보좌관인 뚱뚱보 그리모가 숨을 헐떡이며 경비대장에게 곧장 다가가 말했다.

— 그래, 어찌 되었나?

그러자 경비대장이 방금 명단을 접어 넣은 주머니를 툭툭 치며 만족스런 표정으로 대답했다.

— 잘 해결되었습니다, 그리모 보좌관님. 미리 골라주신 녀석들을 따로 집결시켜두었습니다. 저기 오두막 안에서 기다

37

리고 있죠. 신경이 꽤 날카로워져 있습니다. 특히 젊은 녀석들이…….

— 설마 그들에게 무슨 얘기를 한 건 아니겠지?

— 염려 놓으십시오. 저도 그 정도는 압니다. 그냥 짐을 꾸려두는 게 좋을 거라고만 했습니다.

그 시각, 하나같이 파란색, 흰색, 빨간색의 삼색 스카프를 두른 국회의원, 시장, 상원의원, 참사관 대표단의 행렬이 공원 안의 가로수길마다 끝없이 구불구불 이어지고 있었다. 수행원들의 행렬은 지방별로 나뉘어 있었는데, 각 지방마다 고유의 전통의상을 입은 사람들 십여 쌍을 앞세우고 있었다. 프로방스 지방의 어부들과 빨래하는 여인들, 머리쓰개를 쓴 알자스 여인들, 둥근 모자를 쓴 브르타뉴 사람들, 챙 모자를 쓴 검은 피부의 얼굴들, 나막신을 신은 오베르뉴 사람들, 피리를 들고 붉은 베레모를 쓴 바스크 사람들……. 경비원들이 또다시 우리에게 카누를 만들고 나무기둥에 기어오르고 필루필루 춤을 추도록 채근하는 통에, 나는 큰 오두막 안으로 들어가는 고등판무관 보좌관 그리모의 뒷모습만 얼핏 볼 수 있었다. 그는 오두막 안으로 들어가더니 문을 닫아버렸다. 나중에

들은 얘기로는, 경비원들이 우리 부족사람들을 강제로 바닥에 앉힌 모양이었다. 그들 앞으로 그리모가 불 피우는 자리를 두 발로 밟고 서서 야자나무로 만든 들보에 등을 기대었다. 그는 얼굴에 솟은 땀을 훔쳐내더니 목청을 가다듬고 말했다.

— 안녕들 하시오, 여러분……. 내가 여러분을 찾아온 것은 여러분에게 파리를 구경시켜드리기 위함이오. ……물론 여러분을 모두 다 한꺼번에 데려갈 수는 없소. 다른 사람들은 이 위대한 식민지박람회에 남아서 당당히 누벨칼레도니를 대표해야지요. ……여러분을 노트르담 성당으로, 개선문으로, 사크레쾨르 성당으로, 에펠 탑으로 태우고 갈 버스 한 대가 지금 공원 저 뒤쪽에 대기하고 있소. 각자 자신의 짐을 챙기는 것을 잊지 않도록 하고 나를 따라들 오시오.

그러자 세페네헤의 부추장 우에켄이 자리에서 일어나 보따리를 앞으로 내밀며 말했다.

— 그렇게 말씀하시니 뒤따르도록 하겠습니다만…… 파리를 구경하려고 짐까지 모두 챙겨갈 필요는 없을 것 같은데요.

그리모가 미처 뭐라 대답할 새도 없었다. 어느새 경비대장이 우에켄 곁으로 다가가 그의 어깨를 잡으며 말했다.

— 아무래도 자네는 파리가 어떤 곳인지 모르는 것 같아! 파리는 말일세, 교외지역은 제쳐놓고라도 자네가 살고 있는 섬 주민 전체보다 열 배는 더 많은 사람들이 살고 있는 곳이야. 한 바퀴 둘러보는 데 여러 날이 걸린단 말이지. 자, 다들 어서 가도록 합시다. 시간을 허비해서는 안 돼요. 출발!

그들이 오두막 밖으로 나왔을 때, 나는 카낙 마을의 반대편 끝에 있었다. 나는 내 가장 친한 친구이자 미노에의 사촌이기도 한 바디무앵에게 몽둥이를 휘두르며 공격하는 시늉을 하고 있었고, 그는 햇살을 가득 받아 진줏빛 광채를 발하는 나무방패로 내 공격을 막아내고 있었다. 그때 속이 빈 야자열매를 따려고 나무기둥 높은 곳에 기어올라가 있던 우리 형제들 가운데 한 명이 재빨리 미끄러져 내려왔다. 그는 부리나케 우리가 있는 곳으로 달려오더니, 나의 새부리 몽둥이와 바디무앵의 방패 사이를 파고들며 말했다.

— 고세네, 저쪽에서 무슨 일이 벌어지고 있는지 봤어? 그들이 우리 사람들을 오두막의 작은 문으로 빼내가고 있다고. 어디로 데려가는 건지 알고 있니?

나는 손에 들고 있던 무기를 바닥에 내동댕이치고는 그쪽으로 뛰기 시작했다. 그들이 울타리 바깥으로 완전히 빠져나가기 전에 만나봐야 했다. 한데 제복차림의 경비원들이 내 앞을 가로막고 나섰다. 나는 어떻게든 틈을 비집고 나가보려 했지만 그들은 웃음을 터뜨리며 나를 밀쳐냈다.

— 지나가게 해줘요……. 나가봐야 해요…….

경비대장이 쇠창살 건너편에 서 있었다. 그가 철책 출입문에 이중으로 자물쇠를 채우더니 내 눈앞에 열쇠꾸러미를 흔들어 보이며 말했다.

— 걱정하지 마. 두 번째 관광 팀에는 너도 포함시켜줄 테니까.

나는 두 손으로 쇠창살을 꽉 움켜쥐고 큰 소리로 외쳤다.

—미노에! 미노에!

일행과 함께 걸어가다가 내가 부르는 소리를 듣고 행렬에서 빠져나오는 미노에의 모습이 보였다. 그녀는 경비원들을 용케 피해 내가 있는 곳까지 와서 쇠창살에 매달렸다. 그녀의 가쁜 숨결이 내 목덜미에 느껴졌다.

— 대체 어디로 데려가는 거지?

그녀에게서 나는 "파리로 데려간대"라는 말만 간신히 들을

수 있었다. 어느새 경비원들이 다가와 쇠창살에서 손을 떼도
록 내 손가락을 마구 두들겨 팼다. 그리고 경비원 두 명이 그
녀의 양팔을 붙잡고는 악어 늪지 뒤쪽, 오솔길 끝에 주차해둔
노랗고 푸른 트럭으로 끌고 갔다. 그녀는 버둥거리며 버텼다.
입을 틀어막는 경비원들의 손을 뿌리치며 그녀가 나를 향해
외치는 소리가 들렸다.

　─고세네! 날 포기하지 마……. 고세네! 무서워…….

　─그 여잘 놓아줘요!

　나는 분노가 확 치밀었다. 끄트머리가 경옥으로 된 몽둥이
를 모래사장에 내던지고 달려온 게 몹시 후회스러웠다. 나는
주먹을 치켜들고 제복 입은 사내들에게 달려들었다. 그들은
기다렸다는 듯 곤봉을 빼내들더니 내 양어깨와 머리를 두들
겨 패기 시작했다. 나는 가까스로 경비원들 가운데 한 명을
붙잡고 늘어져 그를 방패막이로 삼을 수 있었다. 나는 그의
목을 조르며 앞으로 나아갔다. 박람회 방문객들을 놀래주려
고 그들이 우리에게 가르쳐준 대로, 나는 이빨을 모조리 드러
내면서 으르렁거렸다. 그들이 나를 포위한 채 웃음을 터뜨리
며 말했다.

— 이 식인종이 진짜로 사람을 물어뜯을 작정인가 보네!

경비원 중 한 명이 내 뒤쪽에서 몰래 다가들었다. 그의 존재를 눈치 챘을 때는 이미 때가 늦고 말았다. 곤봉이 내 목덜미를 향해 날아왔고, 나는 반쯤 실신한 상태로 털썩 무릎을 꿇었다. 온 힘을 다해 두 눈을 감지 않으려고 했다. 파도에 휩쓸린 사람처럼 허우적거리며 버텼지만 이미 물은 무겁게 내 온몸을 짓누르고 있었다. 몽롱한 음향의 안개 속에서 미노에의 비명이 간헐적으로 들려왔다. 나도 고함을 치고 싶었지만 입술을 옴짝달싹할 수조차 없었다. 혀가 돌멩이보다도 더 무거웠다. 가물거리는 그들의 환영이 시동이 걸려 있는 노랗고 푸른 트럭에 올라타고 있었다. 그러더니 차창 너머로 죽 미끄러지며 긴 나무의자 위에서 반으로 접히고 있었다. 모든 형상이 뒤틀려 보였다. 나무도, 사람도, 트럭도……. 몽롱한 내 눈에 큰 배가 한 척 보였고 선원들이 이렇게 외치고 있었다. "자, 어서! 다들 버스에 올라 타……. 거기 너, 덩치 큰 녀석, 짐 들고 저 안쪽으로 가……. 내가 하는 말이 안 들려? 자, 좀 더 빨리 움직여……." 물이 내 눈앞에서 넘쳐흐르고 있었다. 나는 그것이 내 눈물이라는 것도 몰랐다. ……미노에, 난 너무 무력해. 너의 부족을 보호하는 위대한 선조이신 흰 상어가 널 구해주러 올 거야. 그를 믿어, 미노에……. 이제 난 기운도 용기도 없어……. 너의 아버지, 카날라의 추장 와이토 님께 했던 약속을 지킬 수가 없게 됐어. 절대 네게서 눈을 떼지 않겠다고 한 약속 말이야……. 미노에…….

요란한 엔진 소리를 내며 트럭이 점차 멀어져갔다. 의식이 가물가물해지는가 싶더니 곧 어둠이 나를 완전히 삼켜버렸다.

❧

멀리서 웬 자동차가 다가오는 소리가 들린다. 칼리의 손이 장총의 총신을 움켜쥔다. 와티오크는 머리를 뒤로 젖히고 설탕이 진하게 녹은 마지막 차 몇 방울을 들이마신다. 그러고는 자리에서 몸을 일으키더니, 나에게 자기를 따라 일제 트럭 뒤쪽으로 몸을 숨기자는 손짓을 해보인다. 운전석 지붕 위에 무기를 올려놓으며 그가 말한다.

— 헌병대가 이 지역을 순찰하러 올 때도 머지않았습니다.

정작 자동차 소리의 주인공은 사태가 어떻게 돌아가는지

궁금해서 한 바퀴 둘러보러 온 이웃마을 사람들이다. 가까이 다가오지는 않고 그저 멀찌감치 떨어진 언덕 꼭대기에서 바리케이드 쪽을 지켜볼 뿐이다. 뭐라고 외쳐대지만 바람 때문에 제대로 들리지도 않는다. 이윽고 그들이 경적을 울리며 차를 되돌린다. 자동차 소리로 미루어 그들이 완전히 멀어졌음을 확인하고 나서야 우리는 장작불 근처의 원래 자리로 되돌아온다.

꒐ꕤ꒐

호랑이가 으르렁거리는 소리에 나는 혼수상태에서 깨어났다. 땅바닥을 덮고 있는 거적에서 등을 떼어내 보려고 두 팔꿈치로 용을 써보았다. 하지만 통증 때문에 어깨를 움직일 수가 없었다. 누군가가 어깨에 끈적거리는 액체를 발라놓은 것 같았다. 오두막 주위로 우리에 갇힌 짐승들이 한밤중에 사방에서 서로 으르렁거리고 있었다. 늪지에서 들려오는 악어들의 울음소리, 불꽃놀이의 폭죽이 터지자 요란한 소리에 놀라 깨어난 사자들의 포효, 아시아 코끼리들의 겁에 질린 울음소리, 밤잠이 없는 올빼미들의 비명, 점박이 하이에나들의 음험한 웃음소리……. 심지어는 땅바닥에 파충류의 비늘이 스치는 소리하며 털투성이 곤충들이나 물렁물렁한 동물들이 기어가는 소리까지 내 귀에 들려오는 것 같았다……. 순간 웬 그림자가 하나 눈앞에 어른거렸다.

— 누구요? 바디무앵, 너니?

미노에의 사촌이 조용히 다가와 내 곁에 무릎을 꿇고 앉았다. 그는 카날라의 부추장 가문 출신으로, 사람들이 다니는 길이라면 무슨 길이든지 늘 나보다 더 잘 알고 있는 친구였다. 그가 물이 가득 담긴 사발을 내밀었고, 나는 그것을 받아 단숨에 비워버렸다.

— 우리가 널 구하러 몰려갔는데, 그자들이 우리도 마구 두들겨 팼어. 여자들까지도 말이야. 네쿠아가 카바 뿌리와 렌카루 잎을 이겨 네 어깨에 발라두었어.

나는 간신히 상반신을 일으켜 세우고는 그의 귀에 속삭였다.

— 쉬잇……. 내 말 잘 들어, 바디무앵. 난 미노에를 찾아야 해. 미노에를 내버려두고는 절대 조상들의 땅으로 돌아갈 수 없어. 미노에 말로는 그들을 파리로 데려간댔어. 오늘 밤 당장

거기 가볼 생각이야. 거리란 거리는 모조리 뒤져보겠어. 집집
마다 다 들어가 볼 거야. 반드시 미노에와 함께 돌아올게. 그
러려면 부족사람들이 마련해준 노잣돈이 좀 필요한데…….

  그러자 그가 손을 나의 팔에 올려놓으며 말했다.

  ― 문 근처에 지폐를 묻어두었어. 오두막의 탑을 받치는 조
각 기둥들 가운데 하나, 그 아래에 말이야. 한 가지 조건만 수
락하면 돈을 찾으러 갈게.

  ― 무슨 조건?

  ― 넌 미노에를 보살피겠다고 와이토 님께 약속했지만, 나
에게는 너희 두 사람을 다 보살필 의무가 있지. 나도 너와 함
께 가겠어, 고세네.

  우리의 속삭임이 잠자는 사람들을 깨웠던지, 거적 위에서
몸들을 뒤척이는 소리가 들렸다. 그래서 바디무앵은 한참을
조용히 기다린 뒤에야 가면을 쓴 괴인의 얼굴이 조각된 나무
기둥 아래로 땅을 파러 갔고, 그사이 나는 도시로 나가 입게
될 옷가지들을 챙겼다. 그러고는 엉금엉금 기어서 바디무앵
이 있는 곳까지 간 뒤 둘이 함께 밤도둑처럼 오두막을 빠져나
왔다. 밖으로 나와 보니, 흩어진 구름에 가려 반쯤 모습을 드

러낸 달이 카낙 마을 위로 푸르스름한 빛을 뿌리고 있었다. 나는 그늘 속으로 걷는 법을 알고 있었다. 흔적을 남기지 않고자 짐승의 발자국만 골라 발을 내디딜 줄도 알았고, 나무껍질과 하나가 되는 요령이라든가 내 피부 냄새가 바람에 실려 적에게 전해지는 것을 피하는 요령도 알고 있었다. 나는 숲을 잘 알고 있었고 바다도 잘 알고 있었다. 주위의 동물들이 내던 시끄러운 소리는 그새 완전히 잦아들었다. 간간이 거친 숨소리나 파닥이는 날갯짓 소리가 없지는 않았지만, 그것들은 잎사귀들의 살랑거림이나 인근 마을에서 들리는 소음, 때로는 파리-베르시행 기차 소리에 뒤섞이고 있었다. 소리 없이 우리는 쥐똥나무 울타리 뒤로 몸을 숨긴 채 그 울타리를 따라 투창의 과녁들이 세워져 있는 곳까지 갔다. 그때 바디무앵이 나에게 바싹 다가오며 말했다.

— 고세네, 왜 이쪽으로 가는 거지? 이쪽은 철책이 너무 높고, 경비원들이 묵고 있는 막사까지 있잖아. 아무래도 되돌아가는 게 나을 것 같은데…….

— 아니야. 잘 봐. 이쪽은 숲이 울창해서 사람들 눈에 잘 띄지 않는 곳이야. 오늘 오후에 창을 찾으러 이쪽으로 와본 적

48

이 있어. 저 안쪽 구석에 비틀어진 느릅나무가 한 그루 있는 걸 보았지. 그 나무의 굵은 가지 하나가 끝이 뾰족한 울타리와 악어 늪지 가장자리를 따라 난 길 그 너머로 뻗어 있었어. 카날라의 바나나나무나 야자나무보다 오르기가 훨씬 더 쉬울 거라고 확신해.

우리는 작은 숲과 덤불에 몸을 숨겨가며 경비원들이 잠자고 있는 나무막사를 우회하여 앞으로 나아갔다. 그 느릅나무 줄기는 마디가 많아 타고 오르기가 어렵지 않았다. 가지가 갈라지는 분기점에 이르자 나는 거기에 자리를 잡고 바디무앵이 기어오르는 것을 도와주었다. 이윽고 우리는 무성한 잔가지들 속에 몸을 감추면서 경사진 가지를 타고 오르기 시작했다. 카낙 마을의 철책 경계에 거의 이르렀을 때쯤, 내가 그만 새 둥지를 품은 잔가지에 머리를 부딪치고 말았다. 잠자던 새들이 돌멩이처럼 내 주위로 떨어지는가 싶더니 날카로운 비명들을 내지르며 파드닥파드닥 날개짓을 해댔다. 나는 숨을 죽이고 나뭇가지에 몸을 바싹 붙인 채 꼼짝도 하지 않았다. 바디무앵도 나를 따라 숨죽이고 있었다. 아니나 다를까, 막사의 문이 열리더니 옷매무새가 흐트러진 경비원 한 명이 모습을 드러냈다. 그자가 잎이 무성한 나뭇가지들 쪽으로 불빛이 은은한 랜턴을 쳐들자, 그림자들이 어른거리면서 마치 그림 자연극의 한 장면 같은 광경이 펼쳐졌다.

— 뭐가 보이나, 이봉?

— 아니······. 고양이가 비둘기들 머리에 똥을 싼 게 아닌가 싶어.

— 그렇다면 비둘기들이 복수를 한답시고 자네 머리에 똥을 쌀지 모르니 조심해!

그자는 어깨를 한 번 으쓱하고는 랜턴을 풀밭 위에 내려놓고, 우리가 숨어 있는 나무 아래까지 와서 오줌을 눈 뒤 막사로 되돌아갔다. 막사의 불빛은 곧 다시 꺼졌지만, 그 시간이 우리에겐 마치 영원처럼 느껴졌다. 우리는 다시 앞으로 나아갔고, 길 바로 위까지 당도한 나는 가지를 붙잡고 허공에 매달렸다. 그러다가 어느 순간 나무에서 훌쩍 뛰어내렸고 그 즉시 데굴데굴 굴러서 어느 관목 뒤로 몸을 숨겼다. 바디무앵 역시 나를 따라 어둠 속으로 몸을 날렸다. 이제부터는 거리를 두고 멀리서 카낙 마을을 따라가며 그 노랗고 푸른 트럭이 주차해 있던 곳을 찾아야 했다. 자잘한 나무들이 자라는 폭신폭

신한 숲길을 걸어가다가, 문득 저 앞쪽에서 풀잎이 바스락거리는 소리가 들려와 나는 걸음을 멈추었다. 즉시 머리를 숙이고 눈을 부릅뜬 채 전방을 살폈다. 그러자 철망을 비집고 빠져나온 듯한 작은 악어 한 마리가 나를 뚫어지게 바라보고 있는 모습이 눈에 들어왔다. 그 순간 악어의 존재를 미처 눈치채지 못한 바디무앵이 나를 앞질러 나아가버렸고, 그의 그런 결연한 태도에 놀란 듯 그 굵은 도마뱀은 슬그머니 줄행랑을 놓고 말았다. 거기서 잠시 뒤를 돌아보니, 카낙 마을의 큰 오두막과 지붕의 용마루 조각상이 잿빛 하늘 위로 시커먼 형상을 드러내고 있었다. 나는 그 길의 끝에, 포장된 도로가 세 갈래로 나뉘어 시작되는 작은 로터리에서 걸음을 멈추었다.

— 그들이 떠난 곳이 바로 여기야. 트럭은 바로 이 플라타너스 옆에 주차되어 있었어.

바디무앵이 몸을 숙이더니 누군가의 목걸이에서 떨어진 듯한 진줏빛 조각들을 주워 모았다. 그러고는 사거리를 향해 쭉 펼친 자신의 손바닥 위에서 반짝거리고 있는 조각들을 살펴보며 물었다.

— 그들이 어느 길로 떠났는지 알고 있어?

— 아니……, 보긴 보았지만 제대로 보이진 않았어……. 그 때 내 눈엔 모든 게 춤을 추듯 가물거렸거든. 온 세상이 마치 돌풍 속에 휘말린 듯 비틀려 보였어……. 어떻든 파리로 데려간다고 했지. 이 길을 타면 숲 속으로 들어가게 되고, 또 이 길은 큰 호수 쪽으로 가서 호수를 따라 한 바퀴 돌게 돼. 도시 쪽으로, 불빛이 환한 쪽으로 난 길은 마지막 이 길뿐이야. 어서 가자. 지체하다간 동이 트고 말 거야.

우리는 여러 식민지 관館들로 에워싸인 광장을 가로질러 갔다. 아프리카 말리의 젠네 회교사원 첨탑이 우뚝 솟아 있는 곳이었다. 알몸의 상반신을 드러낸 아프리카인들이 자기네 초가집 앞쪽의 잔디밭에서 양철통의 물로 세수를 하고 있었다. 우리에게는 앙코르와트 사원의 정교한 궁륭들이 방향을 가늠하는 표지가 되어주었다. 우리는 레위니옹 관, 프랑스령 기아나 관, 프랑스령 인도 관, 프랑스령 소말릴란드 관* 등을 둘러보고 있는 관람객들과 마주칠 때마다 모자를 깊이 눌러

---

* 레위니옹은 서인도양 마스카렌 제도에 속한 프랑스 해외주, 프랑스령 기아나는 남아메리카 북동부 대서양 연안의 프랑스 해외주, 프랑스령 소말릴란드는 아프리카 북동쪽 아덴 만에 접한 지부티의 식민지 시대 이름이다.

쓰고 머리를 푹 수그린 채 지나쳤다. 박람회장을 일주하는 순환선 전차의 선로 맞은편에는 장터축제의 회전목마가 휴식을 취하고 있었다. 원기둥들이 일렬로 떠받치고 있는 웅장한 흰색 건물 한 채가 이곳 뢰이이 광장의 오른쪽을 다 차지하고 있었다. 바디무앵이 몸을 좀 덥히려고 뛰면서 광장을 가로지를 때, 난데없이 웬 자동차 한 대가 빠른 속도로 튀어나왔다. 타이어가 반들거리는 포장도로 위에서 미끄러졌고, 자동차는 그를 피하느라 급회전을 하더니 몇 미터 떨어진 곳에 멈춰섰다. 프랑스가 이 지구 상에서 점령한 땅이 널따란 붉은색 반점으로 그려진 지구전도가 있는 곳 근처였다. 운전수가 장방형의 작은 타일을 축으로 차를 한 바퀴 돌려 우리 쪽으로 다가왔다. 그는 아직도 놀란 가슴을 진정시키지 못하고 있는 바디무앵을 아래위로 훑어보더니 고함을 지르기 시작했다.

　— 이 침팬지 같은 자식, 좀 조심할 수 없어! 칡넝쿨을 타고 내려온 거야 뭐야. 아직도 밀림 속에 있다고 생각하는 거야?

　뒷좌석에 앉아 있던 여자가 킥킥 웃음을 터뜨렸고, 자동차는 어느새 연기를 내뿜으며 성곽 쪽으로 잽싸게 달려가 버렸다. 나는 바디무앵의 어깨를 감싸며 말했다.

― 그래도 좀 나아진 것 같군. 어떻든 저자는 우리를 식인
종이 아니라 땅콩 먹는 침팬지라 하니 말이야. 저기 사람들이
사는 주택가에 도착할 때쯤엔 우리도 틀림없이 사람이 되어
있을 거야.

그렇게 우리는 도시로 들어섰다. 돌과 금속과 소음과 위험
의 정글. 광고 전광판, 레스토랑과 가로등 불빛, 자동차 전조
등이 밤을 낮으로 바꿔놓고 있었다. 파리, 저 빛의 도시를 마
주하고 선 우리 앞으로 자동차의 거대한 물결이 아직은 우리
에게서 파리를 가로막고 있었는데, 목숨을 걸지 않고 어떻게
저 물결을 건너갈 수 있을지 앞이 막막했다. 자유를 되찾은
그 몇 시간 동안 이미 우리는 죽을 고비를 몇 번이나 넘기지
않았는가. 나는 '횡단보도'니 '신호등'이니 하는 말들이 뭘
의미하는지조차 모르고 있었던 것이다! 자동차들의 물결은
까닭 없이 얼마 동안 흐름을 멈추곤 했는데, 그러다 우리가
건너야겠다고 마음만 먹으면 어느새 다시 요란한 엔진 소리
를 내며 흘러갔다. 그렇게 우리가 이십여 분 동안 마치 적대
국의 해변에 밀려온 조난자들처럼 보도 한쪽에 내팽개쳐져
있을 때, 한 무리의 취객이 고래고래 소리를 지르며 다가왔

다. 그들은 너무 취해 우리가 누군지 알아보지도 못했다. 뿐만 아니라 우리가 자기들을 따라간다는 사실조차 의식하지 못하는 채로, 박람회장의 확성기들이 끊임없이 내보내는 노래의 리듬에 맞춰 느릿느릿 대로를 가로질러 갔다. 그들 중 한 사람은 나에게 다가와 어깨동무까지 하며 노래를 흥얼거렸다.

더 머뭇거리지 말고 어서 식민지로 가
아프리카로, 아시아로, 라자나 술탄*의 나라로……
이국의 뱀들이 아무리 사납다고 한들
밤낮없이 소리치는 네 마누라보다 더 할까……

우리는 클로드 드캉 가街 모퉁이에서 이 취객들과 헤어졌다. 그들은 계속 노래를 부르며 파리 외곽을 도는 소순환 기차 철교까지 걸어갔다. 그들이 외쳐대는 소리가 철교 위를 지나는 기차의 요란한 굉음에 묻혀버렸다.

---

*라자는 인도에서 산스크리트어로 왕을 지칭하고, 술탄은 이슬람 세계에서 종교적 최고권위자인 칼리프가 정치적 지배자에게 수여하는 칭호이다.

— 고세네, 이제 어디로 가야 하는 거지?

나는 몸을 돌려 사거리 광장을 바라보았다. 그때 노랗고 푸른 자동차 한 대가 막 어느 가건물 앞에 멈춰 섰다. 나는 바디무앵에게 그 차를 가리켜 보이며 말했다.

— 경비원들이 바로 저렇게 생긴 트럭에 그들을 태웠어. 저 차를 따라가면 될 거야.

내가 다시 한 번 자동차들의 물결과 대적하며 그 차를 따라가려 하자, 바디무앵이 얼른 제지하고 나서며 말했다.

— 잠깐 기다려봐……. 저기, 반대편에서 오는 차도 그렇게 생겼어. 저기, 작은 골목길로 접어드는 차도 그렇고, 저쪽에서 지금 교차하고 있는 자동차 두 대도 그렇게 생겼단 말이야.

순간 피로와 낙담이 온몸에 밀려들었다. 가로등에 기댄 등 줄기가 아래로 죽 미끄러지더니 결국 나는 보도에 털썩 주저앉고 말았다. 양 무릎을 접은 채 머리를 두 손으로 감싸 안았다. 다시 정신을 가다듬으려고 애를 쓰고 있는데, 저 멀리서 경찰의 호루라기 소리가 들려왔다. 시간이 흐를수록 그 소리는 점점 커지더니 곧 귓속을 가득 채워버렸다. 나는 다시 몸을 일으키지 않을 수 없었다.

— 저 소리 들려? 경찰들이 다가오고 있어. ……우리가 달아난 걸 알아챈 게 분명해. ……여기 이렇게 머물러 있어서는 안 돼. 어디 가서 숨어야 해.

우리는 순환선 기차역 쪽을 겨냥하면서, 집집마다 앞마당에 작은 정원을 꾸며놓은 나지막한 주택단지 안의 골목길로 급히 뛰어들었다. 조금 전 술에 취한 일당들이 사라진 철교를 지나 좀 더 나아가자, 맨 앞줄에 늘어선 건물들이 빛을 가로막는 성벽 노릇을 해주고 있었다. 우리는 어느 레스토랑에서 흘러나오는 음악 소리에 이끌려, 포석이 군데군데 떨어져 나간 어느 골목 안으로 뛰어들었다. 잠시 우리는 뛰는 가슴과 가쁜 숨을 진정시키고 머리모양과 옷매무새를 가다듬은 뒤 레스토랑의 유리문을 밀고 안으로 들어갔다. 하지만 안에 들어선 뒤에도 포도주가 잔뜩 쌓인 칸막이 선반과 외투며 웃옷이며 모자 따위가 잔뜩 걸린 옷걸이 사이에 서서 한참을 머뭇거렸다. 참으로 오랜만에 맛보는 따뜻한 공기였다. 웬 노인이 등받이 없는 높은 의자에 올라앉아 아코디언을 소리 죽여 연주하고 있었다. 그렇게 우두커니 서 있자니, 마침내 종업원이 포도주병과 잔과 빈 접시가 가득 쌓인 쟁반을 손바닥 위에 올려 든 채 우리에게 다가왔다. 그는 바디무앵을 머리에서 발끝까지 눈으로 훑어 내렸다가 시선을 내 쪽으로 돌려, 이번에는 나를 아래에서 위로 훑어 올리며 말했다.

— 안녕하세요……. 식사를 하실 건가요, 아니면 그냥 한잔 하실 건가요?

우리가 백인 레스토랑에 들어가 본 것은 이때가 처음이었고, 이곳은 더군다나 아무 레스토랑이 아닌 바로 파리의 레스토랑이었다!

— 배가 좀 고픕니다……. 감사합니다……. 안쪽에 들어가서 앉을 수 있을까요?

— 물론이죠. 저를 따라 오세요.

몸을 돌린 종업원은 가는 길에 쟁반을 카운터 위에 올려놓고는 안쪽 구석자리로 우리를 안내했다. 단골손님들이 당구를 치고 있는 홀 근처 자리였다. 우리가 지나가자 좌중은 물을 끼얹은 듯 조용해졌고 다들 집요한 눈길로 우리를 뜯어보기 시작했다. 종업원이 테이블에 비시 면포로 만든 식탁보를 깔고 접시와 잔과 식기를 차려놓은 다음, 앞치마 주머니에서 연필과 수첩을 꺼내며 물었다.

— '오늘의 요리'로 준비해드릴 수 있는 음식으로는 백포
도주를 곁들인 홍합요리와, 고기수프를 곁들인 압델 카데르
식 쿠스쿠스 요리가 있습니다. 아니면 선택 메뉴로 고르실 수
있는 스테이크도 있고요…….

— 둘 다 쿠스쿠스로 주세요. 물도 좀 많이 주십시오.

종업원은 "압델 이 인분에 물 한 병 가득"이라고 외치며 자
리를 떴다. 잠시 후 주문한 요리가 나왔는데도 우리는 먹어도
될지 망설이며 머뭇거리고만 있었다. 그러자 종업원이 어서
먹어보라고 부추겼다.

— 염려 말고 드십시오. 요리사는 모로코에서 십 년간 외인
부대에 있었던 사람입니다. 본고장에서 먹는 쿠스쿠스 맛과
다르지 않을 겁니다.

나는 그에게 미소를 지어보이고는 굵은 옥수수가루 속에
스푼을 밀어 넣었다. 우리 뒤쪽에서 당구공들이 부딪치는 소
리가 다시 들렸다.

— 이런 걸 물어봐도 될지 모르겠습니다만, 아무리 생각해
보아도 두 분이 어느 나라 출신인지 짐작이 가질 않는군
요……. 아직 박람회장에 가볼 짬이 없었지만, 그랬더라면 도

움이 좀 되었을 텐데 말입니다……. 이 집 주인은 두 분이 틀림없이 기아나 출신일 거라고 하던데…….

나는 고기수프에 적신 옥수수가루를 게걸스레 먹으며 대답했다.

— 제대로 맞췄다고 전해주세요. 우리는 바로 거기…… 기아나에서 왔습니다.

그때 아코디언 연주자가 자리에서 일어나 우리 테이블로 오더니 눈물이 나도록 슬픈 노래를 한 곡 연주하기 시작했다. 그러면서 입속으로는 가사를 흥얼거렸다. 나는 그가 끊임없이 되풀이하던 "우리는 혼자라네……"라는 소절을 지금도 기억하고 있다.

바디무앵은 노인의 연주에 귀를 기울이고 있지 않았다. 코를 접시에 처박은 채 숨만 간신히 쉬면서, 야채며 쿠스쿠스며 고기조각이며 닥치는 대로 입에 밀어넣느라 정신이 없었다. 연주가 끝나고 악사가 멀어지고 나서야 그는 환하게 밝아진 표정으로 고개를 들며 말했다.

— 이게 대체 몇 달 만에 제대로 해보는 식사야! 배를 타고 오는 동안에는 그나마 좀 참아줄 만했는데, 동물원에서 우리

더러 먹으라고 주는 건 정말이지 고향의 개들도 외면할 음식이지, 안그래?

하지만 내 머릿속은 좀 전의 아코디언 연주로 인해 온통 향수로 가득 차 있었다. 나는 눈을 감았다.

— 고세네, 무슨 일이야? 어디 아파?

나는 물을 한 잔 가득 들이켜고 나서 숨을 크게 내쉬며 대답했다.

— 가끔씩 절망에 사로잡힐 때가 있어. 어쩌면 우리 마을, 우리 부족을 다시는 보지 못할 거라는 생각이 들어……. 그럴 때면 방금 그랬듯이 눈을 감는 거야. 그럼 절로 고향 모습이 떠올라……. 바디무앵, 너도 나처럼 해봐……. 잘 봐. 강의 지류를 따라 난 길이 보이지 않아? 이앙겐 만에서 탕도까지 구불구불 이어지는 길 말이야. 우리는 지금 소나무들이 원기둥처럼 늘어선 울창한 숲 속을 걷고 있어. 큰 박쥐들이 울음소리를 내며 티앵다니테 부족에게로 날아가 친구들에게 우리의 귀향을 알려주지. 참마 밭과 타로토란 밭에서 일하던 여자들이 몸을 일으켜 우리에게 손짓으로 환영인사를 해. 그리고 산에 사는 부족 아이들이 모두 우리를 에워싸고는 이렇게 물

어. "고세네, 바디무앵, 유럽은 어땠나요? 파리는 좋았나요? 프랑스는요?"

바디무앵도 잠시 눈을 감고 고향의 정경을 떠올리며 물었다.

— 그래서 그 아이들에게 뭐라고 대답해줄 거지? 식민지박람회의 동물원에서 겪은 일이며 미노에가 납치당한 일이며 죄다 얘기해줄 거야?

— 아니, 동화 같은 얘기만 들려줄 참이야. 참 아름답다고, 경이로운 나라라고 말해줄 거야. 아이들의 꿈을 깨지 않도록 말이지. ……하지만 밤이 깊어 아이들이 모두 어머니 품속에서 잠들고 나면, 재 속의 마지막 불씨까지 꺼지고 나면, 부족 어르신들께는 조용조용히 말씀드릴 거야. 그랑드테르에 처음 선교사들이 들어왔던 시절을 겪었던 그분들께는, 이곳에서 우리가 무슨 일을 당했는지……. 남자 여자 가리지 않고 다들 허리께에 마누 조각만 달랑 걸친 채 알몸으로 춤을 추어야 했다는 얘기를 해드릴 거야. 서로 얘기를 나눌 권리조차 없었으며, 그저 철책에 갇힌 채 구경꾼들의 웃음을 자아내려고 짐승처럼 으르렁거려야 했다고……. 어린 새끼강아지들 떼어놓듯이, 형제자매가 어디로 가는지도 모르게 우리를 강제로 떼어

놓았다는 얘기도 해드릴 거야. 우리를 식인종으로, 또 일부다처제로 살아가는 미개인으로 취급하고, 선조에게서 물려받은 우리의 이름을 모욕하더란 얘기도 말이야…….

그렇게 얘기를 나누고 있는데, 종업원이 우리 테이블 쪽으로 다가왔다. 그는 계산서를 작성하려고 연필 끝에 침을 묻혔다. 그러고는 우리에게 내온 음식을 하나하나 짚어가며 적더니 계산서를 뜯어내어 우리 둘 사이, 비시 식탁보 위에 놓으며 말했다.

— 이제 곧 문 닫을 시간입니다.

— 우리도 막 일어날 참이었는데……. 돈은 여기 있습니다.

나는 바디무앵이 큰 오두막의 문 앞 땅바닥에서 파낸 지갑에서 큰 지폐 두 장을 꺼내어 종업원에게 내밀었다. 그러자 그가 노란 동전 몇 개를 거슬러주었다.

우리는 어느새 거의 텅 비어버린 레스토랑을 나섰다. 아코디언 연주자는 자신의 구슬픈 악기를 케이스에 집어넣고 있었고, 모로코 외인부대 출신 주방장은 개수대에 틀어박혀 설거지를 하고 있었으며, 주인이 바닥에 톱밥을 한 줌씩 뿌리고 있는 사이 안주인은 그날의 매상을 확인하느라 정신이 없었다. 레스토랑 문을 밀치고 나서자 천둥소리가 요란하게 울리기 시작했다. 한줄기 세찬 바람이 보도의 먼지를 일으키더니 굵은 빗방울들이 포장도로 위로 동전 크기만 한 큰 자국을 남기며 떨어지기 시작했다. 우리가 도로로 나서자마자 또다시 번개가 하늘을 갈랐다. 골목길에는 몸을 피할 만한 곳이 전혀 없었다. 우리는 어디로 가는지도 모르는 채 폭우를 무릅쓰고 일단 달려가 보기로 했다. 길을 하나 지나고, 또 하나 지나고, 다시 또 하나를 지나니 결국에는 식민지박람회장의 맞은편 큰길로 되돌아와 있었다. 빗줄기가 얇은 옷 속으로 파고들고 있었다. 아무래도 비를 좀 피해야겠다 싶어, 나는 바디무앵을 지하로 내려가는 계단 쪽으로 이끌었다. 하지만 그는 첫 계단의 끄트머리에서 우뚝 걸음을 멈추더니 겨우 균형을 잡고 섰다. 나는 뒤돌아서서 그를 재촉했다.

— 잠시 비를 피하도록 해.

바디무앵은 잔뜩 겁을 집어먹은 표정으로 고개를 내저었다. 머리를 두 어깨 사이에 푹 파묻은 행인들이 투덜거리며 그를 밀치고 지나갔다.

— 난 지하로 들어가면 안 돼…….

나는 그에게 손을 내밀며 말했다.

— 어서 와! 그러다 감기 들겠어. 병이 든단 말이야.

— 용수 나뭇가지에서 잠을 자는 망자들, 또 지하에서 잠을 자는 망자들과 함께 산 네헤우에를 너도 잊지는 않았겠지?

나는 그의 소매를 잡아당기며 말했다.

— 물론 기억하고 있어. 바로 그 사람과 함께 내 숙부님들의 뼈와 두개골을 추려 모았었지. ……내려가서 비를 피하며 얘기하도록 해. 자, 어서…….

아무리 얘기해도 소용이 없었다. 결국 나는 다시 계단을 올라 그의 곁으로 되돌아갔다. 그는 빗물에 번들거리는 얼굴로 나를 쳐다보며 말했다.

— 네헤우에는 검은 산들이 마치 야자열매가 돌에 쪼개지듯 쩍 갈라지던 날 겪었던 일을 내게 얘기해준 적이 있어. 천 마리 야생 황소가 동시에 울부짖는 것보다 더 큰 소리로 천둥이 지축을 울리고, 땅이 지금 내 두 손보다도 더 심하게 떨렸다고 했어. 여기저기서 심연이 발밑으로 열리며 희생자들을 불러들이고 말이야. 부족 전체가 마을에 우뚝 솟아 있는 어느 산호 동굴로 피신했는데, 그곳은 오랜 옛날부터 망자들이 쉬

고 있는 곳이었지. 네헤우에는 그들을 따라가지 않았어. 혼자 마을에 남았지. 오직 망자들만이 산 자들에게 피난처를 부탁할 수 있을 뿐, 그 반대의 경우는 당치 않다고 생각했던 거야. 네헤우에는 자기 몸을 마을에서 제일 큰 오두막의 중앙 들보에 묶었어. 광분한 태풍은 그 들보만 빼고 모든 것을 파괴했고, 물이 그의 어깨까지 차올랐지. 마침내 하늘이 잦아들었을 때, 검은 산들은 마른 바나나나무 잎사귀들처럼 너덜너덜 찢어져 있었고, 그 엄청난 잔해 더미가 산호 동굴로 와락 밀려들면서 부족사람들을 전부 생매장시켜버렸다고 했어…….
바로 그날 이후부터 네헤우에는 용수 나뭇가지에서 잠을 자는 망자들과 지하에서 잠을 자는 망자들의 수호자가 되었지.

나는 그의 어깨를 붙잡고는 뢰이이 광장 쪽으로 돌려세우며 말했다.

— 잘 봐. 그 검은 산들이 대체 어디에 있다는 거지? 용수와 산호 동굴은 또 어디에 있고? 겨우 저 정도의 바람을 너는 태풍이라고 할 거야? 자, 비가 그칠 때까지만 내려가서 잠시 쉬도록 해.

그는 마지못해 내 뒤를 따랐다. 하지만 지하 깊은 곳으로부터 귀를 멍하게 하는 소음이 들려오자 또다시 그의 몸이 굳어버리는 것을 나는 느낄 수 있었다. 솔직히 말하면 나 역시 깜짝 놀라 흠칫 뒤로 물러났지만, 되돌아간다는 건 불가능한 일이었다. 이미 우리는 폭우를 피하려고 몰려든 비에 젖은 군중 속에 파묻혀 있었다. 흰 세라믹으로 덮인 아치형 복도는 눈이 부실 만큼 밝은 넓은 홀로 이어지고 있었고, 그 홀 한가운데 작은 집처럼 생긴 곳이 하나 있었다. 사람들은 거기로 가서 잠시 줄을 섰다가 다시 다른 계단들을 타고 내려갔다. 소음은 바로 거기에서 올라오고 있었다. 우리는 사람들의 흐름을 따라갔다. 파란색 제복을 입은 한 남자가 보조의자에 앉아 왼손을 내밀며 말했다.

— 티켓을 보여주시오.

— 티켓이라고요? '티켓'이 뭐지요?

그러자 그가 다른 손에 들고 있던 검표기 끄트머리로 모자를 쓱 추켜올리고는 나를 쏘아보며 말했다.

— 지하철을 타려면 티켓이 있어야 해요! 저기 창구에서 판매하고 있소.

사람들이 점차 몰려들면서 우리 때문에 발생한 지연 사태에 대해 항의를 해댔다. 그러자 개찰원이 하는 수 없다는 듯 말했다.

— 당신들 때문에 역 전체를 막고 있을 수야 없지. 가보도록 해요! 하지만 미리 경고해두는데, 검표원들에게 걸리면 당신들만 손해라는 걸 알아두시오.

우리가 플랫폼에 도착하자, 바로 그때 열차 한 대가 터널에서 빠져나오고 있었다. 열차는 귀를 멍하게 하는 날카로운 금속성 굉음을 내면서 멈춰 섰다. 바퀴가 미끄러지는 선로 밑에서는 불꽃이 튀었다. 모든 문들이 동시에 열리더니 승객들이 한꺼번에 쏟아져 나왔다. 전동차에서 내리는 사람들이나 급히 올라타는 사람들이나, 우리 눈에는 모두 비슷비슷하게만 보였다. 플랫폼의 벽 쪽에 늘어선 나무벤치들이 이내 텅 비었다. 전동차 소리가 지하터널 안으로 사라져가는 동안 우리는 나무벤치로 가서 자리를 잡고 앉았다. 바디무앵도 더는 겁을 내지 않았다. 그는 청소도구함 귀퉁이에 머리를 기댄 채 끊임없이 하품을 해댔다. 그러다가 곧 잠이 들었고, 잠자는 그의 모습을 지켜보는 동안 열다섯 대 가량의 전동차가 오가고 승객들이 오르락내리락했다. 사람들은 우리를 신기한 짐승 보듯 바라보았지만, 내가 미소만 지어보여도 그들의 표정은 금방 밝아졌다. 그러고 있는데 웬 노인이 내 옆에 와서 앉았다. 열차를 기다리는 동안 노인은 버펄로 경기장에서 포루주 인디언들이 윌리엄 코디*의 뒤를 따라 열을 지어 행진하는 모습을 본 적이 있다는 얘기를 시작으로, 칠레의 아우라칸 마푸체족, 에스키모, 북아프리카의 누비아족, 아르헨티나의 가우초, 피그미족, 남미의 히바로족 등등 트로카데로 민속박물관에서 파리 시민들에게 정기적으로 전시하는 여러 부족들에 대한 얘기를 내게 들려주었다. 혹시 그가 내 이빨에 겁을 집어먹지는 않을까 싶어, 그에게도 나는 우리가 기아나에서 왔다고 말해주었다. 그러는 사이 우리의 옷은 다 말랐고, 나는 바디무앵을 깨우기로 했다.

— 바디무앵, 내 말 들려? 이제 그만 일어나.

그가 번쩍 고개를 쳐들었다. 그러고는 자신이 지금 어디에 있는지 전혀 모르겠다는 듯 두려운 표정으로 두 눈을 크게

---

* 포루주(Peaux-Rouges)는 '붉은 피부'라는 뜻. 미국의 정찰병이자 유명한 들소사냥꾼 윌리엄 코디(1846–1917)는 인디언들과의 싸움에 수차례 참여하여 공을 세운 것으로 유명하며, 훗날 자신이 직접 조직한 공연단에서 당시의 경험을 공연으로 만들어 흥행시키기도 했다.

뜨고 두리번두리번하다가, 나를 보고서야 마음을 놓으며 말했다.

— 내가 오랫동안 잔 거야?

— 모르겠어, 여기 불빛은 늘 똑같으니까. 내 말 좀 들어봐, 바디무앵……. 아무리 궁리해보아도 이 생각을 떨쳐버릴 수가 없어. 미노에를 찾을 수 있는 방법은 딱 한 가지뿐인 것 같아…….

그는 내 쪽으로 바싹 붙으며 귀를 기울였다. 지하철역에서 일하는 청소부가 우리에게 다가와, 담배꽁초와 종이를 쓸어내야 하니 발을 좀 들어달라고 했다.

— 어떤 방법인데?

— 동물원으로 되돌아가는 거야.

그의 표정에 실망하는 기색이 어렸다.

— 결국 생각해낸 게 겨우 그런 거라면, 차라리 잠이나 자지 그랬어! 나처럼 말이야.

— 얘기를 마저 들어봐. 다시 철책을 넘고 그들이 만든 카낙 마을로 되돌아가서 식인종 행세를 계속하자는 얘기가 아니야! 난 아직 미치지 않았어. 곰곰이 생각해보니, 우리 형제

들을 어디로 데려갔는지 알고 있는 사람이 한 명 떠오르는 거야. 우리도 아는 사람인데…….

그가 눈살을 찌푸리며 말했다.

— 우리 형제들 중에 누군가 이 일에 가담한 자가 있다는 거야?

— 아니, 백인들 대장을 수행하던 경비원 말이야. 그자는 밤에 다른 경비원들처럼 막사에 머무르지 않아. 다른 곳에 있다가 박람회 개장시간 전에 도착하지. 매일 아침 그자가 악어 늪지의 가장자리 길로 지나가는 걸 보았어. 당장 거기로 돌아가서 몰래 숨어 있다가 덮치는 거야. ……그게 우리의 유일한 기회야.

우리는 지하철역을 빠져나와 뢰이이 광장으로 향해 가는 노동자들 무리에 합류했다. 그들은 각국 전시관의 마무리 공사를 하거나 탈이 나기 시작하는 곳을 보수하기 위해 박람회장으로 가는 일꾼들이었다. 그새 비는 그쳐 있었고, 세찬 돌풍에 나무에서 떨어진 몇몇 나뭇가지들만이 격렬한 비바람이 몰아쳤음을 증언하고 있었다. 경찰모를 쓰고 망토를 걸치고 흰색 곤봉으로 무장한 경찰관들이 사거리마다 광장 한가운데 서서 보행자들을 자동차의 습격으로부터 보호하고 있었다. 모든 것이 그저 고요하고 평화롭기만 했다. 하지만 나는 무심코 내 두 손의 색깔에 시선이 닿을 때면, 얼른 두 손을 호주머니에 쑤셔 넣고 고개를 두 어깨 사이에 푹 파묻었다. 박람회장 가까이 이르러 살펴보니, 정문 출입구를 지키는 개찰원들이 노동자들의 출입허가증을 확인하면서 그들의 바랑이나 연장통을 뒤져보고 있었다. 개찰원들을 피하느라 우리는 많은 길을 우회해야 했다. 박물관과 관공서 건물 여러 채를 지나 픽푸스 문까지 갔다. 그곳에는 작은 모형 사막 안에 렙티스 마그나의 바실리카 복제물 하나와, 에리트레아와 키레나이카*의 기념물을 본뜬 몇몇 복제물이 들어서 있었다. 거기서 좀 더 나아가자, 정밀하게 만든 모형 빙산 앞에 눈썰매를 끄는 개들이 페인트가 칠해진 큰 빙하 위에 서서, 라오스 발레단이 연습하고 있는 공연을 바라보며 낑낑거리고 있었다. 발리 섬에서 온 합창대는 악사들이 긴 갈대피리로 연주

---

*렙티스 마그나(Leptis Magna)는 리비아의 고대도시 유적, 에리트레아(Eritrea)는 이탈리아령과 에티오피아 연방을 거쳐 독립한 아프리카 북동부 국가, 키레나이카(Cyrenaica)는 20세기 초 이탈리아 식민지였던 리비아 동부지역이다.

하는 구성지면서도 자극적인 음악에 맞춰 노래를 부르고 있었다. 한편 사육사들이 먹이를 주거나 돌보기 시작한 동물들의 울음소리가 우리에게 어느 방향으로 가야 하는지 알려주고 있었다. 우리는 넓은 잔디밭을 가로질러 도메닐 호수 가까이 다가가, 자동차들이 동물원 안으로 지나다니지 못하도록 막아놓은 울타리를 뛰어넘었다. 이제부터는 길에서 벗어나 어림짐작으로 후피동물들이 있는 구역 쪽을 겨냥하면서 덤불숲과 키 큰 풀숲을 헤치며 앞으로 나아가야 했다. 이각코뿔소 한 쌍이 첨벙거리고 있는 늪을 막 통과했을 때 바디무앵이 걸음을 멈추며 내게 물었다.

— 고세네, 여기가 어디쯤이지? 혹시 다른 방향으로 가야 하는 건 아닐까?

나는 부근에 있는 전나무를 타고 올라가 첫 나뭇가지 위에서 주변을 둘러보며 말했다.

— 걱정 붙들어 매. 바로 저기야. 저기 영양들이랑 얼룩말들이랑 기린들이 있어. ……카낙 마을과 사자 굴도 보여.

우리가 다가가자 새들이 수십 마리씩 후루룩 하늘로 날아올랐다. 다람쥐들은 떡갈나무 위로 기어올랐고, 숨어있던 토

끼 한 마리는 내 가랑이 사이로 달아나기도 했다. 우리는 가파른 양쪽 언덕 사이로 난 험한 지름길과 악어 늪지를 굽어보는 언덕 꼭대기에 자리를 잡았다. 그곳은 달맞이꽃, 별꽃, 수레국화, 헬리오트로프 등의 군락지로, 식물들이 무성하게 자란 곳이었다. 우리는 잎이 무성한 개나리 뒤에 숨어, 썩은 물웅덩이 속에서 악어들이 은밀하게 이동하는 모습을 홀린 듯이 바라보았다. 오솔길에는 아무도 지나가는 사람이 없었다. 혹시 시간을 너무 많이 허비해버린 게 아닐까 하는 생각이 들었다. 바로 그때 갑자기 바디무앵이 내 팔을 꽉 움켜쥐었다. 아래를 보니 한 사내가 식민지박람회의 공식 행진곡 〈네뷔파르〉를 휘파람으로 불며 다가오고 있었다. 우리는 풀밭에 납작 엎드린 채 문제의 행인이 모습을 드러낼 장소를 뚫어지게 주시했다. 나는 바디무앵에게 속삭였다.

— 절대 저자가 눈치를 채게 해서는 안 돼. ……좀 더 길 가까운 곳까지 기어가야겠어. 그 경비대장이 맞으면 내가 저자를 덮칠 테니, 넌 저자가 달아나지 못하도록 뒤에서 퇴로를 차단해.

나는 작은 장미나무 가시에 두 손을 긁혀가면서 사내를 공격하기에 가장 적합하다고 생각되는 장소로 기어갔다. 고개를 들자 경비대장이 보였다. 그날 파리로 떠난 우리 형제들을 호명하러 온 바로 그자였다. 제복차림의 경비대장은 노래의 리듬에 맞춰 어깨를 건들거리며 걸어오는데, 팔 끝에 매달린 도시락이 걸음을 옮길 때마다 둔탁한 소리를 내며 무릎에 부딪치고 있었다. 그는 아무것도 눈치 채지 못한 채 바디무앵이 숨어 있는 개나리를 지나쳤다. 나는 배와 가슴을 땅바닥에 찰싹 붙인 채 전신의 근육이 시위가 당겨진 활처럼 팽팽하게 긴장되어 있었다……. 잠시 호흡을 멈추고, 그의 모자가 눈앞에 나타나는 바로 그 순간 나는 소리 없이 그를 향해 몸을 날렸다. 먼저 두 손으로 그의 양 어깨를 붙잡고는 온몸의 무게로 그를 짓눌렀다. 우리는 덤불숲 속에 함께 나뒹굴었다. 그는 내가 예상했던 것보다 훨씬 더 힘이 좋았다. 먼저 몸을 일으킨 쪽은 그였다. 그가 막 발로 나를 걷어차려 할 때 바디무앵이 그를 덮쳤다. 바디무앵은 경비대장의 허리를 꼼짝 못하게 껴안았다. 경비대장이 비명을 지르며 목에 걸려 있던 호루라기를 입으로 가져가려 했다. 나는 그의 뒷발질을 피하려고 에돌아 다가가, 그의 입을 손바닥으로 틀어막으며 말했다.

— 조용히 해! 달아나려 하거나 고함을 지르지 않으면 해치지 않을 거야. 우리는 그저 너와 얘기를 좀 하고 싶을 뿐이야. 얌전히 우리를 따라오도록 해.

경비대장은 나의 손에 입이 틀어막힌 채 뭐라 중얼거리며 두 눈을 부라리고 눈살을 찌푸렸다. 바디무앵과 나는 그를 꼼짝 못하게 제압한 뒤 그를 끌고 언덕 꼭대기로 올라갔다. 우리는 악어 늪지 위로 쑥 튀어나와 천연의 테라스를 이루고 있는 언덕 끄트머리에서 걸음을 멈추었다. 늪지로부터 굶주린 악어들의 턱 부딪는 소리며 소름끼치는 숨소리, 진창물에서 철버덕거리는 소리가 아주 생생하게 들리는 곳이었다. 입을 틀어막고 있던 손을 떼어내자 곧바로 그의 입에서 말들이 쏟아져 나왔다.

— 대체 내게 뭘 원하는 거요? 이곳이 당신들이 사는 정글인줄 아시오?

경비대장을 꼼짝 못하게 하고 있던 바디무앵이 그의 귀 쪽으로 몸을 기울이며 말했다.

— 우리 두 사람과 관계된 일이라면 그냥 거기 머물러 있었을 거야.

나는 그의 시선을 똑바로 쳐다보며 말했다.

— 당신들이 우리 부족사람들을 어디로 데려갔는지 알고
싶어.

그가 고개를 뒤로 젖히면서 미소를 흘리며 대답했다.

— 바로 저기 있지 않소. ……당신네 부족사람들은 얌전히
들 있소. 달아난 건 당신들 두 사람이지.

나는 그의 멱살을 움켜쥐고는 코가 서로 닿을 만큼 내 쪽으
로 바싹 당기며 다그쳤다.

— 나는 미노에와 다른 형제자매들을 말하는 거야. 당신들
이 그 노랗고 푸른 트럭에 태운 사람들 말이야. 그들은 어디
에 있지?

— 나는 전혀 아는 바 없소.

바디무앵이 그의 두 발을 걸어 땅바닥에 쓰러뜨렸다. 그러
고는 한쪽 무릎으로 그의 가슴을 짓누르고 그의 두 손목을 꽉
붙들면서 내게 말했다.

— 고세네, 넌 놈의 두 다리를 붙잡아. 악어들에게 내던져
버릴 때까지도 계속 헛소리를 해대는지, 어디 한번 두고 보
자고!

바디무앵이 이토록 단호한 태도를 보이는 일은 좀체 없었다.

— 저 아래를 한번 봐. 저놈들은 아직 아침밥을 먹지 않았어. 산호바다의 백상어들보다 아가리를 더 크게 벌리고 있군. 어때, 준비 됐어? 그럼 들어볼까…….

경비대장은 감히 반항할 엄두를 내지 못했다.

— 당신들 완전히 미친 거 아니오? 어찌 감히…….

우리는 그네를 태우듯 그의 몸을 좌우로 흔들기 시작했다. 한번 왕복할 때마다 반경을 더욱 크게 넓혔다. 갈대들과 악어들의 자취가 선연한 진흙바닥이 눈에 들어오자 마침내 그가 비명을 지르기 시작했다.

— 다음번에는 던져버릴 거야!

— 그러지 마시오……. 부탁이니, 제발…….

그가 높이 떠올랐을 때 나는 오른손을 놓아버렸고, 바디무앵도 나를 따라 왼손을 놓아버렸다. 그것은 우리가 고향땅에서 소란을 많이 피우는 부족 아이들을 겁줄 때 곧잘 써먹던 수법이었다. 강을 굽어보는 돌출한 바위 위에 올라가 바로 이런 식으로 그네를 태우며 강에 던져버리겠다고 위협을 하곤 했던 것이다. 순간 경비대장은 자기 몸이 우리의 손을 떠난다고 느졌다. 비명조차 목구멍에 걸려 새어나오지 않았다. 우리가 다시 그를 풀밭에 눕혔을 때도, 자신이 아직 살아 있는지 죽었는지 모르겠다는 표정이었다. 우리는 잠시 그가 호흡을 가다듬기를 기다렸다가 다시 그의 두 손과 발목을 움켜잡았다.

— 안 돼, 그만……. 놓아주시오, 얘기할 테니…….

열댓 마리의 악어가 언덕 바로 아래에 모여 있었다. 내가 경비대장의 등을 바닥에서 들어 올리자 바디무앵도 나를 따라 들어 올렸다.

— 그만하시오……. 전부 다 얘기해주겠소…….

— 그럼 어디 한번 얘기해보시지. 하지만 조심해. 만약 거짓말을 하려들면 곧바로 악어 밥이 되는 줄 알라고. 조금만 미심쩍어도 확 던져버릴 테니.

경비대장이 얘기를 늘어놓기 시작했지만, 그래도 우리는 입맛을 다시는 굶주린 악어들의 위협적인 아가리들 위로 그의 몸을 계속 흔들어댔다.

— 나는 명령을 따랐을 뿐이오……. 결정을 내린 사람은 내가 아니오……. 그리모 씨가 당신네 부족사람을 서른 명 정도 고르라고 했소…….

나는 움직임의 폭을 조금씩 넓히며 물었다.

— 그래서 그들은 지금 어디에 있지?

— 파리에 있소……. 오늘 오후 동부역에서 기차를 타고 독일 프랑크푸르트로 가게 될 거요…….

그러자 바디무앵이 언성을 높여 다그쳤다.

— 독일로 간다고! 아니, 그럼 앞으로는 식민지박람회에서 활동하지 않는단 말인가?

— 그렇소. 어느 서커스단에서 일하도록 그들을 데려가는 거요. 이국적인 볼거리로 말이오……. 프랑스 식인종들로……. 나는 전혀 모르는 일이오. 지휘부에서 결정한 일이니까. 모두 포르트 도레*의 박람회 사무국 사람들이 꾸민 일이란 말이오…….

— 그래? 그럼 나를 후려갈긴 건 어쩐다? 그 곤봉은 누가 들고 있었냐고.

그때 개 짖는 소리가 들려와 우리를 긴장시켰다. 우리는 비

---

* '황금빛 문(porte Dorée)'이란 뜻. 파리의 진입로 가운데 하나로, 1931년 식민지박람회장의 입구 역할을 하면서 이곳까지 지하철이 연장되고 역이 생겼다. 이곳에 조각가 드리비에가 '식민지에 평화와 번영을 가져다주는 프랑스'를 재현한 아테나 여신의 황금빛 동상을 세운 것에서 이 이름이 유래한다.

지땀을 줄줄 흘려대는 우리의 '짐'을 땅바닥에 부려놓고는, 개를 데리고 나온 관람객 한 쌍이 오솔길을 완전히 통과할 때까지 기다렸다. 잠시 후 나는 경비대장의 얼굴 옆에 무릎을 꿇으며 말했다.

― 고등판무관이나 그밖에 우리를 짐승처럼 취급한 다른 작자들이야 어찌 됐건 내 알바 아니야. 난 다만 미노에가 나와 헤어진 뒤부터 매순간 어떻게 보냈는지 자세히 알고 싶을 뿐이야. 내 말 알아듣겠어?

― 이미 말했잖소. 독일행 기차에 태울 거라고……. 버스가 출발하기 직전에 그리모 씨가 운전수에게 주소를 일러주는 소리를 들었소. 아마 그들을 구세군 공동숙소로 데려갔을 거요. 샤펠 로路에 있는…….

나는 바디무앵과 잠시 시선을 교환하고 나서 그에게 물었다.

― 샤펠 로는 여기서 먼가?

― 포르트 도레에서 한 시간 정도 가야 하는 곳이오. 바르베-로슈슈아르 역에서 내려야 해요. 고가 지하철역 바로 맞은편에 자리 잡고 있소.

그의 얘기를 듣자, 눈앞에 미노에의 모습이 떠올랐다. 구릿

빛 팔다리를 떠오르는 태양의 애무에 내맡긴 채 특유의 균형 잡힌 걸음으로 맹그로브 숲길을 따라 걸어가는 미노에……. 카날라 교회에서 미사를 집전하시는 그라세르 신부님이 언젠가 우리에게 들려준 전설의 여주인공, 테말라 추장의 딸 카보를 닮은 모습이었다……. 그녀가 걸어가자 근처에 있던 뜸부기들과 왜가리들이 하늘로 날아오르고, 진주처럼 반짝이는 이슬방울들이 그녀의 피부 위로 굴러 떨어지고 있었다……. 순간 바디무앵의 목소리가 나의 몽상을 흩어지게 했다.

— 여기서 일어난 일에 대해서는 아무한테도 얘기하지 말고 조용히 입 다물고 있는 게 당신 신상에 이로울 거야. 어느 누구한테도 말이야, 알아듣겠어? 당신을 잡으려고 이곳에 매복하기 전에, 우린 먼저 카낙 마을로 우리 전사들을 만나러 갔었어. 내 말 한 마디면 그들은 목숨 걸고 당신을 잡아 죽일 거야.

경비대장은 두 손으로 땅바닥을 짚고 일어나 비스듬한 자세로 앉았다. 그는 이렇게 별 탈 없이 곤경에서 벗어나게 될 줄은 몰랐다는 듯 미심쩍어하는 눈빛으로 우리를 바라보았다. 그가 우리의 습격을 받았을 때 떨어뜨린 도시락을 바디무앵이 주우러 간 사이, 나는 풀밭에 떨어져 있는 굵은 나뭇가지 하나를 집어 들었다. 경비대장은 마침내 올 것이 왔다고 생각하고서 두 팔로 머리를 감쌌다. 나는 그의 목덜미를 겨누고는 기절할 정도로만 가격했다. 그런 다음 우리는 그의 점심이어야 했을 닭의 넓적다리와 흰 살을 푸른 강낭콩과 함께 먹으면서 대로를 향해 출발했다.

☙

문득 대기를 휘젓는 격렬한 소리가 들려, 우리는 고개를 젖히고 하늘을 올려다본다. 와티오크가 아무 말 없이 둥근 지붕처럼 우거진 카우리소나무 숲 꼭대기를 손가락으로 가리킨다. 잎들 사이사이로 벌어진 틈을 통해, 공중에 정지한 헬리콥터에서 반바지 차림의 헌병이 두 다리를 허공에 늘어뜨린 채 앉아 쌍안경으로 우리 쪽을 살펴보고 있다. 칼리는 그에게 팔로 욕질을 한번 해주고는 두 번 다시 쳐다보지 않는다. 그는 플라스틱 물병의 물을 옆구리가 시커멓게 탄 주전자에 붓더니 주전자를 불 위에 올려놓는다. 이제 그들, 누메아의 프

83

랑스인 관리들은 바리케이드를 어떻게 해야 할지 알 것이다. 우리를 지켜보던 전투용 종달새가 다시 하늘 높이 치솟더니 방향을 틀어 만灣 속으로 잠기듯 모습을 감춘다.

ᘓᕤᘔ

그리하여 또다시 우리는 새로운 방문객들의 물결이 밀려들고 있는 박람회장을 가로질러 갔다. 큰 호수 주변에는 야외주점들이 손님 맞을 준비를 하고 있었다. 요리사들은 감자 껍질을 벗기고, 점원들은 발포성 포도주 병들을 얼음덩어리 사이사이에 정돈하랴 와플 반죽과 레모네이드를 준비하랴 다들 분주히 움직이고 있었다. 우리는 밀려드는 입장객들에게 진로가 막히거나 어깨를 부딪치기도 하면서 흐름을 거슬러 올라갔다. 포르트 도레에 이르렀을 때, 너무 겉 자라 벌써 이마가 벗겨진 웬 청년이 조수가 균형을 잡아주고 있는 자전거 안장 위에 가부좌를 틀고 앉아 군중을 카메라에 담고 있는 모습이 보였다. 나는 얼른 고개를 돌려 카메라 렌즈를 피했다.

지하철역 입구에 도착하자 바디무앵이 이번에도 내려가기

를 거부했다. 또다시 그는 망자들의 동굴에 대한 두려움에 사
로잡혔다. 계단을 내려가자고 애써 그를 설득해보았지만 소
용이 없었다.

— 좀 전에 이미 한 번 왔었잖아. 정거장하고 전동차 외에
다른 건 아무것도 없어. ……이건 사람들이 세운 것일 뿐이
야. 우리 같은 사람들이 말이야.

하지만 바디무앵은 손가락으로 난간을 꽉 움켜쥐고는 꿈쩍
도 하지 않았다.

— 간밤에는 너무 지쳐서 어쩔 수가 없었지만…… 고세네,
무슨 일이 있어도 이 계단만은 밟지 않을 거야. 떠들고 싶으
면 뭐든 네 마음대로 떠들어. 그런다고 내 생각이 바뀌지는
않을 거야. ……그냥 걸어가. 꼭 지하철을 타야 하는 건 아니
잖아. 이 세상에 우리가 걸어서 갈 수 없는 곳은 없다고.

그가 간절한 눈빛으로 나를 바라보았기에 결국 나는 시선
을 내리깔고 말았다. 그의 말이 옳다는 것을 나도 잘 알고 있
었지만, 한시라도 빨리 미노에를 찾아야 한다는 조바심이 그
러한 믿음들을 거부하도록 나를 몰아세우고 있었던 것이다.
나는 웃옷 깃을 세워 바람을 막으며 담뱃불을 붙이고 있는 한

노동자에게 다가가서 물었다.

— 실례합니다만, 샤펠 로와 바르베-로슈슈아르 역까지 어떻게 가는지 좀 알려주시겠습니까? 걸어서 가려고 하는데요…….

그가 고개를 들더니 한참 동안 나를 똑바로 쳐다보았다. 담배 연기를 두세 모금 내뿜고 나서야 그는 손가락으로 오른쪽을 가리키며 말했다.

— 바르베? 거기까지 가려면 꽤 오래 걸어야 할 텐데…….
내가 당신이라면, 레퓌블리크 광장과 바스티유 광장을 거쳐 동부역으로 가겠소. 두 시간 정도는 잡아야 할 거요. 파리를 좀 아시오?

— 아뇨, 전혀 모릅니다. ……식민지박람회를 보러 생전 처음 파리에 왔는데, 친지를 방문하기로 약속을 했거든요.

— 길을 헤매지 않고 갈 수 있는 가장 간단한 방법은 이렇소. 일단 마레쇼 대로*를 따라 클리낭쿠르 문까지 쭉 올라가서, 거기서 오르나노 로를 타고 내려가 곧장 바르베로 직행하

---

*파리를 빙 둘러싸고 도는 외곽순환도로의 총칭.

는 거요. 문제는 그렇게 갈 경우 반나절은 꼬박 걸릴 수도 있다는 거지.

　박람회장 일대에는 파리 성곽이 허물어진 자리에 싸구려 주택단지가 겹겹이 들어서 있었다. 거기를 지나 좀 더 나아가는 도중에는 건설현장과 텅 빈 부지들이 계속 이어졌고, 그 끝에는 병영의 담과 보루들이 우뚝 솟아 있었다. 뒤이어 나타난 풍경, 말하자면 우리가 걸어가고 있는 대로와 파리 시를 교외로부터 분리시키는 방어벽 사이에 형성된 띠 모양의 부지에는, 온통 양철이나 판자로 지은 허름한 가건물과 트레일러와 낡은 트럭, 뒤틀린 화물차량, 그리고 군용 막사뿐이었다. 오늘날의 누벨칼레도니와 비교하자면, 누메아를 빠져나온 뒤 뒤코와 됭베아 쪽으로 가다가 보게 되는 풍경과 비슷했다. 무단점거지대랄까……. 그때쯤 날씨가 더워지기 시작했다. 우리는 물을 한잔 마시려고 말뚝으로 울타리를 친 조그만 판잣집 가게에서 잠시 걸음을 멈추었다. 가게에 들어서자 웬 노인이 계산대 옆에서 몸을 후들거리며 서 있었다. 노인의 외투 끝자락이 톱밥이 깔린 바닥에 질질 끌리고 있었다. 그는 주머니에서 온갖 물건들을 한 더미 꺼내어 가게 여주인 앞에 죽 늘어놓고 있었지만, 여주인은 그것들을 잠자코 지켜보기만 할 뿐 일절 말이 없었다. 가게를 나선 우리는 판자촌을 가로질러 다시 마레쇼 대로로 접어들었다. 화재로 불타버린 집이 몇 채 보였다. 우리는 곳곳에 널브러진 시든 꽃들이며 냅킨, 선반, 자질구레한 실내 장식품, 작은 숟가락 등등의 온갖 허섭스레기들 사이로 다 쓰러져가는 벽토 더미 위를 걸어가야 했다. 좀 전의 노인이 자신의 보물들을 찾아낸 곳이 바로 거기인 것 같았다. 길은 오르막이었고, 잿빛 지붕과 굴뚝의 바다를 가르며 죽 이어지고 있었다. 바디무앵이 잠시 걸음을 멈추더니 안개 속에 떠오르는 교회 첨탑들의 수를 헤아렸다. 그러던 중 카날라에 있을 때 신부님의 책에서 보았던 사크레쾨르 성당의 실루엣을 알아보고는 무척 기뻐했다. 태양이 하늘의 정점에 이르렀을 때, 우리는 수로를 두 개 건너 가스탱크와 푸줏간이 줄지어 늘어선 어느 동네에 이르렀다. 나무들은 먼지로 보얗게 덮여 잿빛이었고, 대기는 온통 금속성의 소음과 화학약품 냄새와 증기로 가득했다. 그 바로 아래쪽 철로 위로 열차들이 지나가자 발밑에서 땅이 마구 흔들렸다. 가구 제작소 근처, 바르베 로의 첫 벤치에서 잠시 휴식을 취하고 있자니, 노트르담드클리냥쿠르 사원에서 세 시를 알리는 종 소리가 사방으로 울려 퍼졌다.

이제 거리는 파리 심장부를 향해 완만한 경사로 내려가고 있었지만, 고가 지하철 가교 때문에 파리 전경을 내려다볼 수는 없었다. 거리를 지나는 행인들이 차량들의 거친 소음을 뚫고 물결처럼 메아리치는 웬 음악 소리에 이끌려 고개를 쳐들곤 했다. 그들이 쳐다보는 곳으로 눈길을 돌리니, 사거리 광장에 많은 사람들이 모여 파란 제복차림의 브라스밴드를 에워싸고 있었다. 트럼펫과 심벌즈를 연주하는 남자들이 오른쪽에 서고, 역시 같은 옷차림의 여자들이 왼쪽에 서서 구세주를 찬양하는 노래를 부르고 있었다. 그들의 노래를 따라 부르는 구경꾼도 몇 사람 있었다. 제모를 쓰고 금빛 단추가 달린 웃옷을 입은 한 소년이 한 손에는 모금함을, 다른 한 손에는 《전쟁의 외침》이란 신문을 들고 흔들어대며 구경꾼들 사이를 종횡무진 누비고 다녔다. 내가 모금함에 동전을 하나 밀어 넣는 순간, 마침 내 앞에 있던 사람들이 흩어지면서 맞은편 건물 입구에 붙은 '구세군'이란 푯말이 눈에 들어왔다. 구세군 병사 두 명이 입구 양쪽을 지키고 있었다. 나는 팔꿈치로 바디무앵의 옆구리를 툭 치며 말했다.

— 저기 봐. 경비대장이 말한 대로라면, 그들이 우리 형제들을 데려간 곳이 바로 저기야. ……저 안으로 들어갈 방법을 찾아야 해.

바디무앵은 빽빽하게 모여 있는 인파 속을 비집고 빠져나갔다. 그는 나더러 자기 쪽으로 오라는 시늉을 하더니, 그 건물과 철물점 진열장 사이에 난 좁은 통로를 가리키며 말했다.

— 고세네, 저기로 한번 들어가 보자. 마침 지금 아무도 없는 것 같아. 앞장서, 얼른!

우리는 경사가 아주 급한 짧은 난간을 타고 그 건물의 지하실로 내려갔다. 운 좋게도 쓰레기통들이 놓인 공간과 석탄저장고 사이에 좁고 가파른 계단이 하나 있었는데, 그 계단은 하느님의 두 전사가 보초를 서고 있는 일층 복도로 통했다. 나는 발뒤꿈치를 들고 살금살금 복도를 가로질러 중앙 계단으로 올라갔고, 바디무앵도 그렇게 내 뒤를 따랐다. 아무리 조심을 해도 마룻바닥이 찌걱거리는 소리만은 어쩔 수 없었는데, 다행히 바깥의 음악 소리가 우리를 구해주었다. 이층은 주방과 구내식당이었다. 삼층에는 텅 빈 넓은 공동침실 두 개가 출입문을 활짝 열어놓고 있었는데, 하나는 남자용, 다른 하나는 여자용 숙소였다. 몹시 지친데다 크게 실망한 나는 어느 쇠침대 위에 털썩 쓰러지고 말았다. 바디무앵이 침대 가장자리로 다가와 앉으며 말했다.

— 우리 형제들을 가둔 곳이 바로 여기라는 걸 어떻게 알지? 어떻든 너무 늦었어. 이미 독일로 떠나버렸을까?

나는 다시 몸을 일으켜 침대의 쇠기둥에 등을 기댔다. 그 순간 구세군 창설자 윌리엄 부스의 초상화 바로 옆에 난 창문 손잡이에 누군가가 매어둔 알록달록한 작은 천조각이 눈에 띄었다. 나는 자리에서 일어나 매듭을 풀고 그것을 자세히 살펴본 뒤 말했다.

— 미노에는 분명 이 방에 감금되어 있었어. 잘 봐. 자기 허리에 감고 있던 마누의 끝부분을 찢어 여기 매어놓았던 거야. 이건 미노에의 아버지가 카날라에서 헤어질 때 딸에게 선물한 마누의 조각이란 말이야. 미노에는 희망을 버리지 않고 있었어. 내가 오리란 걸 알고 있었던 거야……. 이제 우린…….

나는 말을 중단해야 했다. 문 앞에 한 구세군 병사의 뚜렷한 실루엣이 역광을 받으며 서 있었다.

— 거기 두 사람, 거기서 대체 뭘 하고 있는 거지? 다른 사람들과 함께 떠나지 않은 건가?

지원병을 부르기 위해 몸을 돌린 것이 병사의 실수였다. 그가 고개를 미처 다 돌리기도 전에 바디무앵이 재빨리 그를 덮쳤다. 바디무앵이 어깨로 그를 쳐서 바닥에 쓰러뜨리자, 나는 얼른 그를 뛰어넘어 계단 쪽으로 뛰었다. 우리를 놀라게 한 그 병사가 고래고래 소리를 지르자 그의 동료들이 우리 쪽으로 올라오는 소리가 들렸다. 바디무앵은 이층 층계참에서 그들과 정면으로 마주쳤다. 바디무앵이 발길질로 그들의 공격을 물리치면서 병사 한 명을 계단 아래로 밀어붙였지만, 다른 병사들이 곤봉을 빼들고 대들었다. 나는 바디무앵의 소매를 잡아당기며 말했다.

— 도망가자. 숫자가 나무 많아!

우리는 구내식당을 가로질러 뛰기 시작했다. 뒤쫓는 병사들의 진로를 방해하려고, 뛰어가면서 테이블하며 의자하며 마구 넘어뜨렸다. 주방도 같은 운명에 처해졌다. 바디무앵이 장난을 즐기듯 식기들을 한 줌씩 쥐어 그들을 향해 내던지고 뒤이어 잔이며 접시며 마구 날려 보내는 동안, 나는 접시에 담긴 음식이랑 왜건이랑 닥치는 대로 넘어뜨리고 수프와 튀김 기름 따위가 가득 든 솥들도 뒤엎었다. 나는 가스레인지 위로 훌쩍 뛰어올라 창문을 열어젖혔다. 창문은 아이들이 돌차기 놀이를 하고 있는 뜰을 굽어보고 있었다. 바디무앵이 먼저 아이들이 그려놓은 천국의 네모 칸 근처로 뛰어내렸고, 나는 세속의 수프에 빠져 허우적거리고 있는 하느님의 전사들 쪽을 마지막으로 한 번 바라본 뒤 그를 따라 뛰어내렸다. 지원병이 도착할 때쯤, 이미 우리는 거리의 군중과 바르베−로슈슈아르 역에서 연방 쏟아져 나오는 승객들 틈에 파묻혀 있었다. 이 행인들 가운데 한 사람이 동부역으로 가려면 고가 지하철 노선을 따라가면서 다리 두 개를 건너야 한다고 말해주었다. 보도는 어느 병원의 높은 담벼락을 따라 이어지고 있었다. 간간이 나타나는 철책 출입문을 통해 아무도 돌보지 않는 듯 방치된 정원들이 보였다. 어느 뜰에서는 일선 참호에서 구조된 부상병들이 휠체어에 틀어박혀 자신들의 상처에 햇볕을 쬐고 있었다. 우리는 열차들이 내뿜는 잿빛 연기를 뚫고 철길을 건너갔다. 저 멀리 거대한 유리지붕에 덮인 플랫폼들이 보였고, 플랫폼마다 가쁜 숨을 몰아쉬며 막 떠날 채비를 하고 있는 기차들이 정차해 있었다. 역 광장에 도착해 보니, 군인 수백 명이 각자 자신의 짐꾸러미 위에 앉아 전차의 입환작업과 광장의 풍경을 홀린 듯이 바라보며 출발명령을 기다리고 있었다. 역사驛숨의 지붕을 떠받치고 있는 기둥들 꼭대기에는 여인네 형상으로 조각된 여러 가지 모양의 토템들이 안치되어 있었다. 육중한 유리문을 밀고 역 구내로 들어서자, 엄청난 소음이 파리 시가의 가쁜 맥박과 숨결, 그 혼잡스럽고도 은밀한 웅성거림을 완전히 덮어버렸다. 우리는 마치 쇠와 유리로 만든 벌통 안에 들어와 있는 것 같았다. 땀을 뻘뻘 흘리고 김을 씩씩 내뿜으며 잔뜩 부풀어 오른 퍼시픽 기관차 모습의 여왕벌을 향해, 벌 수천 마리가 저마다 가방과 짐짝을 짊어진 채 와글와글 모여들고 있는 그런 벌통…… . 당황한 나는 몇 시간 전에 시커먼 지하철역 입구에서 바디무앵이 느꼈던 것과 똑같은 공포에 사로잡혀 뒤로 물러나려 했지만, 밀려드는 여행객들 때문에 갑문을 넘어 안으로 들어서지 않을 수 없었다. 우리는 잠시 신문가판대 뒤로 피신하여, 지금 막 발을 들여놓은 세계가 어떤 곳인지 헤아려보려고 했다. 이 수많은 보행객과 짐꾼이 다들 일말의 머뭇거림 없이 제 갈 길을 바삐 가면서도, 서로 부딪치는 일 없이 이리저리 얽히고설키는 흐름을 요리조리 잘도 빠져나가고 있었다. 잠시 나는 혼란 속에서 탄생하는 그런 조화를 홀린 듯이 바라보았다. 그때 문득 윙윙거리는 목소리가 일렬로 늘어선 창구들 위에 설치된 확성기에서 울려 퍼졌다. 역사의 쇠기둥과 유리천장에 부딪치며 울리는 그 말들을 나는 한 마디도 알아들을 수가 없었다. 바디무앵이 입을 내 귀에 대고 소리쳤다.

— 사방에 기차들이 널려 있어. 마르세유보다 훨씬 더 많아. 우리 형제들을 어느 기차에 태웠는지 어떻게 알아보지?

— 우선은 그들이 아직 여기 있기를 바라야지. 그들이 탄 기차가 아직 출발하지 않았기를 말이야.

저쪽에서 한 부인이 아이 둘을 양손에 하나씩 붙잡고 내 쪽으로 다가왔다. 그들이 지나가는 길을 내가 가로막고 있는 형국이었다. 부인은 나를 에돌아가려고 했지만, 부인의 오른쪽에서 걷고 있던 꼬마가 돌연 걸음을 멈추고서 나를 빤히 올려다보았다. 그리고는 엄마에게 찰싹 달라붙으며 말했다.

— 엄마, 이 사람 좀 봐요. 동물원에서 본 사람하고 닮았어요.

— 필베르, 조용히 해! 함부로 말하면 못쓴다고 했지!

부인은 얼굴이 벌겋게 상기되었고, 나와 눈길이 마주치자 무슨 말이든 하지 않을 수 없는 처지가 되었다.

— 이 아이를 용서하세요. 아직 어린아이라…….

— 괜찮습니다. ……혹시, 독일 프랑크푸르트로 가는 기차가 어디 있는지 물어봐도 될까요?

부인이 한 손을 들어 대형 벽시계 아래 걸린 게시판을 가리켰다. 그쪽 손에 붙잡힌 꼬마의 팔도 덩달아 위로 끌려 올라갔다.

— 출발하는 기차들은 모두 저 게시판에 나타나 있어요.

나는 눈을 껌벅거리다가 이맛살을 찌푸리면서 말했다.

— 읽을 수가 없군요, 부인. 눈이 아픕니다. 글씨가 너무 작아서…….

부인은 막 다시 떠나려던 참이었으나, 내가 글을 읽을 줄 모른다는 사실을 순간 눈치 챈 것 같았다. 부인이 뒤쪽으로 돌아보더니 게시판을 읽어나가기 시작했다.

— 롱위는 2번 플랫폼이고…… 랭스는 4번 플랫폼…… 메츠-포르바흐-사레브뤽…… 바로 저거예요. 좀 변경이 됐군

요. 사레브뢱에서 다시 프랑크푸르트로 떠나는가 봐요……. 5번 플랫폼에서, 오후 한 시 오십 분에 떠나는군요. 서두르세요. 자칫하다간 놓치겠어요. 지금 막 역을 떠나려 하고 있는데…….

그러자 바디무앵이 팔을 흔들며 큰 소리로 외쳤다.

— 5번 플랫폼이 어디죠?

— 바로 앞이에요. 지금 한창 김을 내뿜고 있는 바로 저 기차요.

바디무앵이 얼른 내 팔을 붙잡아 당겼다. 우리는 사람들을 밀치기도 하고 바닥에 놓인 짐들을 뛰어넘기도 하면서 앞으로 곧장 내달렸다. 기차는 아직 유리천장 아래에 있었고, 기차가 내뿜는 증기가 바람에 낮게 깔리면서 플랫폼 위로 퍼졌다. 기관의 호흡이 처음에는 아주 거칠게 씩씩거리더니 어느새 정상적인 리듬을 되찾고 있었다. 힘을 받은 객차들의 골조와 차축은 이미 덜컹거리는 소리를 내고 있었다. 나는 맨 마지막 객차에 뛰어오를 수 있도록, 속력을 내기 시작하는 기차를 따라잡으려고 전력을 다해 뛰었다. 두 승무원 사이로 얼핏 낯익은 형제의 모습이 보인다 싶은 순간, 돌연 플랫폼이 발밑에서 사라졌다. 나는 철로의 자갈밭 위로 추락했고, 예리한 자갈에 부딪쳐 두 팔과 손바닥과 이마에 찰과상을 입었다. 바디무앵이 플랫폼에서 뛰어내려 내 곁에 무릎을 꿇고 앉으며 물었다.

— 많이 아파?

잠시 시간이 흐르고 나서야 나는 숨을 제대로 쉴 수 있었다.

— 그들이 저 기차에 있었어……. 추락하기 직전에 윌리 카랑뵈를 보았어. 다심와라는 이름으로 불리기도 하는 친구지…….

— 아, 지금까지의 노력이 모두 헛고생이 되고 말았군. 이제 다시는 그들을 보지 못할 거야…….

이 말에 나는 몸을 벌떡 일으키며 외쳤다.

— 그런 소리 함부로 하지 마. 나는 미노에를 되찾을 거야. 죽는 날까지 온 세상을 다 뒤져서라도 말이야. 아마 독일로 가는 다른 기차가 있을 거야.

내가 플랫폼 위로 다시 올라와 역 쪽으로 막 돌아서려는 찰나, 날카로운 호루라기 소리가 유리천장 아래로 울려 퍼지기 시작했다. 경찰관 네 명이 우리 쪽을 향해 곧장 다가오고 있었다. 그들이 짧은 외투 속에 찬 하얀 곤봉이 검은 날개처럼 펼쳐진 외투의 안감 위로 선명하게 보였다. 아직 내 뒤쪽 자갈밭에 서 있던 바디무앵이 눈을 플랫폼 바닥에 붙인 채 앞을 살피며 물었다.

— 무슨 일이지?

나는 그의 곁으로 슬그머니 미끄러져 내려갔다.

— 경찰이야! 틀림없이 우릴 찾고 있어. ……식민지박람회의 그 경비대장이 우리가 어디로 갔는지 이른 게 분명해. ……이리 와!

우리는 좀 전에 우리 형제들을 실은 기차가 지나간 레일을 따라 뛰었다. 그때쯤 나는 너무 배가 고픈 나머지 더는 한 걸음도 떼지 못할 것 같은 느낌이 불쑥불쑥 들었다. 철로의 침목들을 하나씩 건너뛸 수 있는 힘을 주는 것은 나의 몸이 아니라 제복 입은 자들에게 붙잡힐지도 모른다는 두려움이었다. 선로의 변경장치를 수리하던 철도 인부들이 우리가 지나가자 고개를 들고 쳐다보았다. 객차들을 달지 않은 기관차 한 대가 날카로운 비명을 지르며 우리 곁을 스쳐 지나갔고, 신호기가 우리의 머리 바로 위에서 쇠로 된 두 팔을 교차시켰다.

이윽고 우리는 선로들을 에워싸고 있는 뾰족한 철책으로 다가갔다. 바디무앵이 방향을 바꿔, 삼층 높이의 나무판자 비계가 가설되어 있는 보수 중인 옹벽 쪽으로 달려갔다. 우리가 비록 피로에 절긴 했지만, 비계를 타고 올라가, 뒤쫓는 자들의 진로를 방해하려고 나무 손수레를 떨어트린 다음, 뾰족한 철책을 훌쩍 뛰어넘어 철도 관련 설비들을 굽어보는 어느 길 위로 올라서기까지, 이 일련의 과정이 우리에게는 어린아이 장난이나 다름없었다. 동양풍의 음악이 흘러나오는 어느 카페의 테라스에 앉은 손님들이 우리의 일거수일투족을 낱낱이 지켜보고 있는 것은 물론, 우리의 등 뒤로 경찰들의 모자가 어른거리는 모습에서도 눈들을 떼지 않았다. 허겁지겁 달아나는 우리의 발 앞에 지하철역 입구가 나타났다. 나는 바디무앵의 팔을 붙들고는 그가 반항을 하건 말건 무작정 끌고 부리나케 계단 아래로 뛰어 내려갔다. 노란 전구의 불빛들이 흰 세라믹으로 덮인 아치형 복도를 희미하게 비추고 있었다. 달아나는 우리의 흐릿한 그림자가 벽에 어른거렸고, 발소리가 사방으로 울려 퍼졌다. 복도 끝에 이르자 둥그스름한 작은 정자 같은 곳이 있었고, 거기에서부터 방금 우리가 지나온 복도처럼 생긴 통로들이 세 방향으로 나뉘어 있었다. 어디로 갈지 잠시 망설이는 사이, 날카로운 호루라기 소리를 동반한 다급한 발소리가 내부 공간을 가득 메웠다. 나는 왼쪽 통로로 가기로 결정했다. 휘어져 있어서 우리의 모습을 재빨리 감출 수 있는 통로였다. 커브를 급히 돌아 나오다가, 바디무엥이 바닥에 있는 양동이를 미처 보지 못하고 그만 발을 그 안에 빠트리고 말았다. 바닥에 걸레질을 하고 있던 아프리카 흑인이 가까스로 그를 붙잡아주지 않았다면 아마 그대로 바닥에 곤두박질쳤을 것이다. 아프리카 흑인이 손가락으로 둥근 정자 쪽을 가리키며 물었다.

— 저들이 찾는 게 당신들이오?

나는 잠자코 고개만 끄덕였다. 그는 얼른 청소도구를 챙기더니 작업복 주머니에서 열쇠 꾸러미를 꺼내며 우리더러 따라오라는 손짓을 했다. 그러고는 회색 페인트가 칠해진 어느 문 앞으로 가서 구리 손잡이를 돌렸다. 삐걱거리는 소리를 내며 문이 열렸다.

— 이리 들어가시오. 이곳 열쇠를 가진 사람은 나뿐이오. 여긴 바로 내 집이니까. 저들은 당신들을 찾아내지 못할 거요.

잠시 주저했지만 우리에겐 선택의 여지가 없었다. 테이블 하나와 등받이 없는 의자 하나, 벽에 달린 수도꼭지 하나가 얼핏 눈에 들어왔으나, 아프리카 흑인이 문을 다시 닫고 열쇠를 채워버리자 우리는 완전한 어둠 속에 잠겼다. 실내에는 소독제 냄새며 습한 먼지내, 퀴퀴한 곰팡내가 가득 풍겼다. 피가 몰려 관자놀이가 씰룩거렸지만, 나는 애써 폐의 리듬을 다스리며 꼼짝도 하지 않았다. 나의 가쁜 숨소리가 복도에서도 들릴 것만 같았다. 그들은 달리는 속도를 차츰 늦추며 다가오고 있었다. 구둣발 소리가 어느덧 보행 리듬으로 바뀌면서 더욱 또렷하게 들려왔다. 두세 명이 바디무앵이 물을 쏟은 곳 근처를 맴도는가 싶더니, 마침내 우리가 숨어 있는 곳 몇 미터 앞에서 걸음을 멈추었다.

— 여기서는 저 층계까지 훤히 보여. 녀석들이 저쪽으로 간 것 같지는 않은데…….

— 그래도 저 계단까지는 가보는 게 좋겠어. ……2번 플랫폼으로 이어지는 계단인데…… 일단 올라가서 한번 둘러본 뒤 비예트행 노선 쪽으로 간 동료들과 합세하기로 하지. 그래야 안심이 될 것 같아.

그들은 다시 움직이기 시작했다. 그러다 우리의 은신처 앞을 지날 때 그들 중 한 명이 걸음을 멈추며 말했다.

　— 잠깐, 여기 문이 하나 있군. ……어쩌면 청소부들이 사용하는 이런 곳에 숨어 있는지도 몰라.

　어둠 속에서 나는 눈을 부릅뜨고, 이를 악물고, 두 주먹을 불끈 쥐고, 근육을 긴장시켰다. 만약 문의 잠금장치가 그자의 손이 가하는 압력을 견디지 못하고 망가진다면, 곧바로 치고 나갈 작정이었다.

　손잡이가 덜거덕거렸다.

　— 거봐, 잠겼잖아! 안에 아무도 없어. 이 시간엔 청소부들이 전부 복도에서 일하고 있단 말이야. ……잠시 여기서 기다려. 내가 저 복도 끝까지 가서 플랫폼에 올라가 보고 올 테니. 그러고 나서 정자로 되돌아가도록 하자고.

　우리는 그자가 플랫폼 쪽으로 갔다가 되돌아오는 소리를 들었다. 뒤이어 그들이 모두 복도 저쪽으로 멀어져가는 소리를 들으며 우리는 한참 동안 석상처럼 꼼짝도 하지 않았다. 지하철이 통과하자 바닥이 흔들렸다. 제일 먼저 움직인 사람은 아프리카 흑인이었다. 그가 기침을 길게 하고 나더니 말했다.

— 우선 불을 켤 테니 주의하시오.

불빛은 그다지 눈이 부시지 않았다. 알전구가 뿌리는 노란 빛이 우리가 서 있는 후미진 벽의 칙칙한 잿빛 페인트에 듬뿍 흡수되고 있었다. 흑인이 우리에게 손을 내밀며 말했다.

— 나는 포파나라고 하오. 이곳에 있는 동안은 편히들 있으시오.

— 나는 고세네, 이 친구는 바디무앵이라고 합니다. 도와줘서 고맙습니다. ……기운이 다 빠진 상태였어요. 당신이 아니었다면, 우린 붙잡혔을 겁니다.

그는 물병을 집어 들더니 상체를 숙이고 수도꼭지에서 물을 받았다. 그리고 몸을 다시 일으키다가 또다시 터지는 기침 발작을 다스리려 애쓰며 물었다.

— 시장하지 않소? 밥과 수프가 조금 있는데…….

바디무앵이 그에게 가까이 다가가며 말했다.

— 경찰이 우리를 뒤쫓고 있지만, 우리는 범죄자들이 아닙니다. ……얘기를 하자면 복잡해요. 단지 우리는…….

포파나가 그의 말을 가로막았다.

— 시장하지 않느냐고 물었을 뿐이오. 내가 알고 싶은 건

그뿐이오.

그때 또다시 들어서는 지하철에 바닥이 흔들렸다. 나는 의자 하나를 당겨 앉으며 말했다.

— 배도 고프고 목도 말라요. 오늘 아침부터 아무것도 먹지 못했습니다.

그러자 그가 옷이 몇 벌 걸려 있는 벽장에서 알루미늄 그릇을 두 개 꺼내어 테이블 위에 올려놓았다. 그리고 뚜껑을 열며 말했다.

— 전부 다 들어요. 나는 이미 먹었으니까.

나는 자리에서 일어나 수도꼭지로 가서 손을 씻은 다음 손가락으로 주먹밥을 하나 만들어 수프에 적셨다. 바디무앵은 숟가락을 집어 들고서 쌀밥을 부지런히 입으로 퍼날랐다. 그는 입속의 음식을 채 다 삼키기도 전에, 진작부터 우리의 입술을 태우고 있던 질문을 던졌다.

— 독일 프랑크푸르트로 가는 기차를 타려고 하는데…… 곧 출발하는 기차가 있는지 혹시 아세요?

아프리카 흑인이 등을 문에 기댔다. 문밖에서는 지하철 승객들이 우르르 몰려왔다가 멀어져가는 소리가 들렸다.

— 좀 전의 바로 그 기차를 놓친 거로군. 맞소?

그는 기침을 하느라 잠시 말을 중단하더니, 굳이 우리의 대답을 기다릴 필요가 없다는 듯 다시 말을 이었다.

— 그렇다면 이번 주는 끝난 거요. 다음 기차는 사흘 뒤에나 있지. 정확히 같은 시각에 말이오. 나와 상관도 없는 일에 괜히 참견하긴 싫지만, 당신들이 그 기차를 타려 한다는 걸 경찰들도 알고 있는 눈치니, 나라면 다른 방법을 찾아볼 거요. 그러지 않으면 그들은 틀림없이 당신들을 찾아낼 거요. ……지하철역 복도 청소나 하는 검둥이 따위에게 주의를 기울이는 사람은 아무도 없지만, 나는 많은 일들을 본다오……. 조심들 하시오. 그들은 아주 영악해서, 혐의자들을 체포하려고 사복차림으로 돌아다니기도 하니까.

나는 물을 한 잔 가득 마시고 나서 말했다.

— 사흘씩이나 마냥 기다리고 있을 수는 없습니다. 그건 영원보다 더 끔찍해요. 그들이 우리 부족사람들 수십 명을 독일로 데려갔는데, 우리는 거기가 정확히 어딘지도 모릅니다. 그들을 찾을 수 있는 유일한 길은 바로 그 기차를 타는 겁니다. 어떻게 하면 좋지요, 포파나? 그곳으로 가는 버스나 트럭이

있을 것도 같은데…….

포파나가 고개를 내저으며 말했다.

— 아니, 그런 건 없소. ……사흘 동안 여기 숨어 있도록 해요. 관리책임자가 여기 오는 일은 없으니까. 그 사람은 늘 이곳 샤토랑동 역 주변의 카페들을 전전하며 시간을 보낸다오. 먹을거리는 내가 구해주겠소. 잘 생각해보면, 지켜보는 경찰들을 따돌리고 독일행 특급에 올라탈 수 있는 방법을 강구할 수 있을 거요.

바디무엥이 입을 그릇에 댄 채로 고개를 한껏 젖히며 마지막 수프 한 방울까지 말끔히 들이마시고 나서 말했다.

— 모두가 우리를 잡으려고 뒤쫓는데, 당신만은 우리를 도와주는군요. 왜지요? 우리와 만난 적도 없고, 우리에 대해 전혀 알지도 못하는데…….

밖에서 어린아이들이 시끄럽게 떠들며 지나가는 소리가 들렸다. 포파나는 마른기침으로 목청을 한번 가다듬고 나서 미소를 지으며 말했다.

— 당신들이 아프리카 출신은 아니지만, 그래도 피부색이 나와 좀 비슷하지 않소. 흑인이 경찰에게 쫓기는 걸 보면, 괜

스레 흑인 편을 들게 된다오. ……난 세네갈 태생이오. 카자
망스에서 태어났지. 내 고향 마을의 젊은이들 대부분이 베
르됭 전투*에서 죽었소. 독가스에 말이지……. 백인 병사들
은 공격에 나서려 하지 않았고, 그래서 장군은 우리들 식민지
군 저격병들**에게 프랑스를 구하라 했소. 이른 새벽에 우리
는 마스크도 쓰지 않은 채 참호의 진흙구덩이를 나섰소. 마스
크로 단단히 무장한 군 경찰과 헌병들에게 떠밀려서 말이오.
그들은 죽음의 연기를 피해 달아나는 우리 형제들을 마구 두
들겨 팼다오. ……나는 어느 포탄 구덩이로 뛰어들었소. 거기
엔 시체가 한 구 있더군. 얼른 그 시신의 피를 뒤집어쓰고 죽
은 체를 했소……. 죽음의 연기는 내 위에서 떠돌고 있었
고…… 그래서 난 조금만 마신 셈이지……. 그 구덩이에서 빠
져나온 지 십사 년이나 됐지만, 그때의 일은 아직도 눈앞에
선하다오. 경찰에게 쫓기는 당신들을 보고 있자니 더욱 더 생

---

*일차세계대전 때 프랑스 북부 베르됭 요새에서 독일과 프랑스 간에 벌어진 대
규모 공방전으로, 양진영 모두에게 막대한 인적 · 물적 피해를 남기며 결국 독일
패망의 한 원인이 되었다.
**세네갈 저격병들을 비롯, 식민지 각국에서 징집된 병사들로 이루어진 프랑
스 식민지군대는 세계대전 당시 프랑스를 위해 수많은 전선에서 싸웠다.

생하게 되살아나더군……. 나는 곧 일을 하러 가야 하오. 어떻게 할 거요, 여기 남겠소?

그는 기침 발작을 억누르려고 했지만 기어코 터져 나오는 기침을 아무래도 참을 수가 없는 모양이었다. 나는 그의 호흡이 정상으로 회복되기를 기다렸다가 말했다.

— 포파나, 당신이 우리에게 해준 일은 아무리 감사해도 모자랄 겁니다. 하지만 우리로서는 당신의 환대를 받아들일 수가 없군요. 오늘 아침, 우리는 식민지박람회에 있었어요. 사람들이 우리를 야생 짐승들과 함께 가둬놓은 곳이지요. 우리는 지금 그곳으로 되돌아가야 해요. 거기 있는 누군가가 우리 부족사람들을 둘로 나누고 그 일부를 독일행 기차에 태운다는 결정을 내렸죠. 그 사람을 찾아내어 지금 우리 형제들이 어디에 있는지 알아내야 합니다.

내 얘기가 끝나기 무섭게 바디무앵이 문으로 다가가며 말했다.

— 이제 떠나야겠습니다. 아주 멀거든요……. 네 시간이나 걸어야 합니다.

— 포르트 도레에서 여기까지 걸어서 왔단 말이오? 왜 지하

철을 타지 않았소? 그랬다면 한 시간도 걸리지 않았을 텐데!

포파나의 말에 나는 바디무앵의 눈을 똑바로 쏘아보았다. 그는 눈을 내리깔며 내 눈길을 피했다. 나는 다시 흑인을 돌아보며 대답했다.

— 대도시에 온 건 이번이 처음이거든요. 모든 게 너무 복잡하고, 도대체 뭐가 어떻게 굴러가는지 알 수가 있어야죠.

포파나가 자물쇠에 열쇠를 밀어 넣었다. 그는 문을 반쯤 열고 복도를 한번 둘러본 뒤 우리 쪽으로 돌아서며 말했다.

— 나가도 괜찮은 것 같소. 날 따라와요. 내가 뱅센까지 데려다주겠소.

ᴗᴧᴗ

문득 와티오크가 나의 어깨에 손을 올리며 조용히 하라는 신호를 보낸다. 칼리가 몸을 숙여 장총을 쥐더니, 웅크린 자세로 소나무들이 원기둥처럼 늘어서 있는 곳을 향해 나아가기 시작한다. 나로서는 아무리 귀를 기울이고 나무들을 살펴보아도, 바리케이드를 지키고 있는 이 두 사람이 이렇듯 느닷

없이 경계태세를 취하는 이유를 알 수가 없다. 분명 어디에선가 누군가가 다가오고 있는 모양이다. 새 두 마리가 나무처럼 자란 고사리들 위로 날아오르고, 칼리가 아직은 어렴풋한 실루엣만을 드러내고 있는 그 누군가를 향해 무기를 겨눈다. 와티오크는 그자를 뒤에서 덮치려고 오른쪽으로 이동한다. 그자를 향해 총을 겨눈 채 와티오크가 손가락을 방아쇠에 건다. 마침내 낯선 자가 서서히 모습을 드러낸다. 그자가 머리 위로 소총을 추켜드는데, 총신이 햇빛을 받아 반짝거린다.

— 나야 나, 세베티에……. 쏘지 마…….

칼리가 아는 사람이다. 그는 맹그로브 숲 인근 부락에서 온 카낙이다. 그가 가까이 다가온다. 트럭 세 대와 지프 다섯 대를 거느린 수송대가 포우에보에서 내려와 바리케이드 세 개를 해산시켰으며, 지금 이앙겐 만 쪽으로 오고 있다고 한다. 헌병들이 천천히 이동하고 있으므로, 오늘 해가 지기 전까지는 우리가 있는 이곳까지 당도하지 못할 거라고 한다. 가능한 한 그들을 지연시키되 저항은 하지 말라는 것, 이것이 상부의 분명한 명령이다. 세베티에는 와티오크가 권하는 차를 사양한다. 아직 그에게는 투오로 가는 길을 지키고 있는 두 무리

에게 이러한 사실을 전달해야 하는 일이 남아 있다. 우리는
그가 무성한 잎사귀들 쪽으로 멀어지다가 곧 모습을 감출 때
까지 눈으로 배웅한다.

✄

포파나는 넓은 보폭으로 성큼성큼 지하철역 복도를 걸어갔
다. 피곤한데다 방금 식사를 한 탓에 몸이 잔뜩 무거워진 우리
는 그를 놓치지 않으려고 종종걸음을 치고 있었다. 그는 다른
사람과 어깨 한 번 부딪치는 일 없이 미꾸라지처럼 군중 속을
유유히 헤쳐 나갔다. 모자들의 물결 위를 둥실둥실 떠다니는
듯한 그의 곱슬머리가 우리에게 길을 인도하는 지표가 되어주
었다. 그는 개찰원이 있는 가건물 몇 미터 앞에서 걸음을 멈춘
채 우리를 기다리고 있다가 티켓을 한 장씩 나누어주었다. 장
방형의 작은 판지에 구멍을 뚫는 그 단순한 행위가 대체 어떤
기적을 일으켜 파리를 지하로 여행할 수 있는 권리를 부여하
는지 이해하게 되기까지, 내게는 참으로 많은 시간이 필요했
다. 그가 우리를 플랫폼 맨 끝으로 데려가더니 말했다.

— 바스티유 역에서 갈아탈 거요. 그러면 시간을 단축시킬 수 있지. 연결 통로는 맨 마지막 객차 쪽에 있소.

사람들은 우리 일행이 지나갈 때마다 돌아보았다. 대체로 놀라거나 흥미로워하는 눈빛이었지만, 경멸하듯 눈살을 찌푸리며 쳐다보는 이들도 더러 있었다. 바디무앵이 아치형의 벽에 등을 기대려는 순간, 터널 저 안쪽에서 요란한 소리를 내며 열차가 들어오는 소리가 들렸다. 열차에 올라탄 우리 세 사람은 반짝이는 쇠기둥을 나란히 움켜쥔 채 양쪽 나무의자 사이에 섰다. 앞으로 나아가는 동안 내내 열차의 차량들이 어두운 터널 벽에 빛을 투사하면서, 흰 바탕의 공간에 그려진 글자와 술병 그림들을 규칙적인 간격으로 비추었다. 이윽고 바스티유 역에 도착했다. 복도는 샤토랑동 역의 복도와 쌍둥이처럼 닮았지만, 길이가 열 배는 더 긴 것 같았다. 포파나는 납빛 세라믹으로 덮인 그 미로 안에서 전혀 동요하는 기색 없이 길을 헤치며 똑바로 나아갔다. 몇 달 전까지만 해도 우리가 루세트 언덕의 숲이며 닌디아의 숲, 혹은 우아일루의 숲속을 그렇게 마음대로 돌아다녔듯이, 그에게는 이 미로 같은 세계가 편한가 보았다. 이윽고 우리는 다른 열차로 갈아탔다.

십여 분 전에 내린 열차와 생김새도 똑같았고, 얼굴을 찌푸린 승객들도 좀 전과 다를 바 없었다. 똑같이 생긴 터널 안으로 열차가 나아가자, 이번에도 역시 흰 바탕의 터널 벽에 그려진 똑같은 술병들이 규칙적인 간격으로 나타났다. 드디어 포르트 도레 역에 내렸을 때, 포파나는 지상으로 이어지는 층계 밑에서 우리에게 작별을 고했다. 그는 기침을 몇 번 뱉고는 팔을 들어 자연광이 들어오는 곳을 가리켰다. 그가 가리키는 층계 윗부분의 계단들은 점점이 박힌 운모조각들이 햇빛을 반사하며 눈부시게 반짝이고 있었다.

— 계단을 올라가기만 하면 박람회 광장 앞으로 나가게 될 거요. 나는 서둘러 동부역으로 돌아가 일을 마저 끝내야 하오. 관리책임자가 순찰을 돌기 전에 말이오. ……내 도움이 필요하면 언제든지 찾아와요. 신의 가호를 빌겠소.

우리는 오래도록 말없이 악수를 나누었고, 마침내 그가 발길을 돌려 군중 속으로 모습을 감추었다. 밖으로 나서자, 석양이 건물 벽면과 유리창마다 강렬한 오렌지빛 광채를 한가득 뿌리고 있어 우리는 두 눈을 감지 않을 수 없었다. 잠시 후 나는 우리가 동물원을 탈출한 직후에 술 취한 방문객들의 뒤를 따라 가로질렀던 바로 그 광장과, 구슬픈 아코디언 소리를 들으며 쿠스쿠스를 먹었던 레스토랑으로 이어지는 도로, 즉 순환선 철교로 가로막힌 그 도로를 알아볼 수 있었다. 우리는 상어떼가 득시글거리는 초호礁湖*보다 훨씬 더 위험한 대로를 건넜다. 박람회장 창구마다 사람들이 빈틈없이 줄지어 서 있었다. 어느 야외무대에서는 관현악단이 굵은 줄무늬 의상을 입고 납작한 밀짚모자를 쓴 가수의 노래를 반주해주고 있었는데, 많은 사람들이 가수가 부르는 동양풍 노래의 후렴을 따라 부르고 있었다.

비제르트** 시민은 모두 그녀를 알고 있었어
하르비, 루비아, 쿠스쿠스, 바르카
사람들은 그녀를 무화과 꽃이라 불렀지
바르카, 쿠스쿠스, 하르비, 루비아……

우리는 개찰원들에게 들키지 않고 몰래 울타리를 넘었다.

---

*산호초가 형성된 섬 둘레에 바닷물이 얕게 괸 곳. 환초호라고도 한다.
**튀니지 비제르트 주의 주도.

나는 해병으로 변장한 어린아이들이 공놀이를 하고 있는 넓은 잔디밭 쪽으로 바디무앵을 끌고 가며 말했다.

— 우선 좀 쉬어야겠어. 진이 다 빠져버렸어. ……저 나무들 아래 숨어 있으면 아무도 우리를 찾아내지 못할 거야. 저기서 밤이 될 때까지 기다리기로 해.

— 좋은 생각이라도 있는 거야, 고세네?

나는 두 덤불숲 사이 구석진 곳을 골라 풀밭 위에 드러누우며 말했다.

— 뭔가 떠오르는 게 있긴 있어……. 아직은 머리 한쪽 구석에 박혀 있는데, 좀 있어보면 분명해질 것 같아. 어두워지면 날 깨워줘.

하지만 그는 얘기를 좀 더 나누고 싶어 했다.

— 내 생각엔 틀림없이 네가 그 경비대장에게 복수를 하고 싶어 하는 것 같은데……. 우리 형제들을 어디로 데려갔는지 알아내려고 족쳤던 그 경비원 말이야. 경찰에게 알린 게 그 녀석이잖아. 안 그래?

— 그래봤자 무슨 소용이 있겠어? 그 녀석은 내 머리에서 빠져나간 지 이미 오래야. 이젠 우리에게 알려줄 게 아무것도

없는 사람이니까.

나는 나무들의 굵은 줄기며 그물처럼 얽힌 잔가지며 레이스 모양을 이루고 있는 잎사귀들을 바라보았다. 나뭇잎 사이로 햇살이 비치고 있었다. 이 궁리 저 궁리 좀 짜내보려 했지만, 새 한 마리가 하늘로 날아오르는 순간 내 정신도 호로록 날아가 버렸다. 모든 것이 흔들리고 어지럽게 빙빙 돌고······. 어느 순간 정신이 몽롱해지는가 싶더니 잠이 곧 나를 삼켜버렸다. ······한참 뒤 다시 눈을 떴을 때는, 이미 달이 휘영청 떠서 우리 주변의 텅 빈 공간 위로 구름의 그림자를 드리우고 있었다. 바디무앙이 얼굴 가득 환한 미소를 지으며 내 곁에 책상다리를 하고 앉아 있었다. 나는 벌떡 일어나 앉으며 말했다.

— 깨워달라고 했잖아! 왜 그렇게 웃고 있는 거야?

그는 물이 채워진 병과 사과 한 알을 내밀며 말했다.

— 푹 자두는 게 좋을 것 같아서······. 네가 자는 동안 줄곧 곁에 있었지만 잠시도 심심하지 않더군. 잠꼬대를 듣느라 말이야. 계속 미노에를 찾았어.

이 말을 듣자 묘한 기분이 들었다. 부끄러움과 뿌듯함이 뒤섞인 묘한 느낌······.

— 무슨 소릴 지껄였는데?

— 별 거 아냐. 기차를 뒤쫓고, 미노에를 납치한 놈들과 싸우고, 그러다 잠에서 깨기 직전에 미노에를 다시 만난 것 같았어.

나는 그의 두 손을 잡으며 말했다.

— 남의 잠꼬대를 엿듣는 건 옳지 않은 일이야. ……뭐, 다른 말은 없었어?

— 카날라에 대한 얘기도 했어. 네가 없으니 네 아버지 혼자서 타로토란 밭과 참마 밭을 경작하게 되었단 얘기며……참, 느케니라는 이름을 몇 번이나 불렀어. 무앵두의 어느 한 부족의 부추장이었던 느케니 씨 말이야, 팔다리가 하나씩밖에 없던 사람. 아마 작년엔가 돌아가셨지…….

바디무앵은 사과를 와삭와삭 씹고 있는 나를 물끄러미 바라보다가 다시 말을 이었다.

— 찾아보니 별 게 다 있더군. 사람들이 버린 것들 말이야. 빵도 있고 고기도 좀 있어. 닭고기도. 한데 느케니 씨와는 잘 아는 사이였나 보지?

나는 사과 씨를 하나씩 깨물어 입속에서 혀끝으로 이리저리 굴리며 대답했다.

— 그렇진 않아……. 너도 기억하는지 모르겠지만, 우리가 어렸을 때 느케니 씨는 팔다리가 잘린 부위를 일부러 우리에게 보여주며 겁을 주곤 했어……. 그 사람을 생각하게 된 건 분명 포파나 때문이야. 느케니 씨도 지난 전쟁 때 프랑스로 건너와 무수한 참호에서 독일군과 싸웠었어. 당시 카낙 천 명과 칼도슈 천 명이 군복을 입고 배를 탔다는 얘기를 신부님께서 해주신 적이 있어. 수백 명이 죽고 수백 명이 다쳤다고 했어……. 어르신들이 그때 일을 얘기하실 땐, 우리네 고향땅에서 자라는 니아울리 나무의 이름을 따서 그들을 '니아울리'라 부르셨지……. 목요일 학교 수업 시간에 시를 한 편 외우기도 했잖아…….

내가 그 시의 첫 구절을 암송하기 시작하자, 두 번째 구절부터는 바디무앵의 목소리가 내 목소리에 포개졌다.

고향땅을 떠나

집에서, 어머니 품에서 멀리 떠나

니아울리들은 많은 고통을 겪었다네

오랫동안 파도에 흔들리고

머나먼 전장에 이를 때까지

오랫동안 흔들리고 굶주리며

남에게 이해받지 못한

쓰라린 고통을 겪었다네

나는 북받치는 설움을 감추느라 두 손으로 얼굴을 감쌌다. 뒤잇는 말들이 손바닥에 부딪치며 튀어 올랐다.

— 그 다음은 이렇지 아마……. '용기와 명예의 들판에서…… 조프르 장군*이 니아울리들을 포옹하네……' 더는 생각이 안 나…….

— 나도 그래, 고세네……. 곧 날이 밝겠어. 이제는 어떻게 해야 하지? 생각 좀 해봤어?

그때 멀리서 사자의 포효가 들려왔다. 그 소리에 화답이라도 하듯, 호랑이와 하이에나와 코끼리 무리가 또 으르렁거렸다.

— 박람회장 입구를 지나다 보면 흰 돌로 세워진 큰 건물이 하나 있는데, 기억나니?

_____

*일차세계대전 때 프랑스 육군 총사령관으로, 서부전선 마른 강변에서 기적적인 승리를 거두어 '마른의 승리자'라는 명성을 얻었다.

— 계단 형태로 층층이 올라간 건물 말이지? 뱀과 물고기, 사냥꾼과 어부가 장식되어 있는 건물 말이야.

나는 나뭇조각을 하나 주워 땅바닥에 포르트 도레의 지도를 그리며 설명했다.

— 그래. 그 건물 바로 뒤에, 울타리로 둘러쳐진 작은 공터에 집이 또 한 채 있어. 좀 더 작고 지붕이 뾰족한 집이야. 그 집은 늘 무장한 사람들이 지키고 있는데, 우리가 붙잡아 족쳤던 그 경비대장의 상관들이 일하는 곳이 바로 거기지. 악어 늪지 위로 그네를 태울 때 경비대장이 그런 얘기를 했었어. 미노에를 독일로 보내기로 결정한 이들이 바로 그들이야. 기차를 떠나게 할 줄 아는 사람들이니, 돌아오게 하는 방법도 분명 알고 있을 거야! 그들을 만나봐야 해!

— 경찰들에게 들키지 않고 거기 들어갈 수 있는 무슨 계획이라도 있어?

— 아직은 없어.

호숫가에서 무릎을 꿇고 세수를 하고 있을 때, 매일 아침 대중에게 박람회 개관을 알리는 공식 찬가 〈네뉘파르〉가 확성기를 통해 사방에 울려 퍼졌다. 우리는 바디무앵이 주워온 음식을 손에 든 채, 마다가스카르 관 뒤쪽, 파리의 성곽 도로 위를 달리는 소순환 기차의 어느 정거장 근처에 숨어 동정을 살폈다. 박람회 총사무국은 우리 바로 맞은편, 느릅나무와 플라타너스가 줄지어 서 있는 가로수길 끝에 있었다. 그 건물에서 일하는 직원들이 도착하기 조금 전인 오전 여덟 시쯤부터 경찰 다섯 명이 정문 앞에서 보초를 서기 시작했다. 건물에 들어가려는 사람들은 신분증과 출입허가증을 그들에게 제시해야 했다. 한데 검은색 승용차에서 내린 두 사람만은 자기 주머니를 뒤지는 수고를 하지 않고도 정문 앞 층계에 이를 수 있었다. 그들을 본 바디무앵이 내게 귓속말로 소곤거렸다.

— 저 사람들이 대장이야. 저들에게 접근하기는 힘들 것 같은데…….

사실 나는 바디무앵의 얘기를 제대로 듣고 있지 않았다. 저쪽에서 수상쩍은 행동을 보이는 두 남자와 한 여자에게 관심이 쏠려 있었던 것이다. 그들은 커다란 쓰레기통 몇 개를 프랑스령 소말릴란드 관으로 이어지는 도로 위로 옮겨놓으며 통행을 가로막고 있었다. 줄줄이 몰려드는 방문객들의 행렬이 곧 장애에 부딪쳤고, 사람들이 꽤 많이 모였다는 판단이

서자 두 남자는 젊은 여자가 쓰레기통 위로 올라가도록 도와주었다. 사람들은 모두 이 구경거리도 박람회의 전체 볼거리 가운데 하나일 거라고 생각했고, 그래서 주위가 금방 잠잠해졌다. 여자가 블라우스 맨 윗단추를 풀더니 가슴에 꽂아두었던 종이 한 장을 꺼내었다. 여자는 그것을 펼쳐 들고 또랑또랑하고 힘찬 목소리로 읽어나가기 시작했다.

— '유색인'이라는 말을 입에 담는 여러분, 그럼 여러분은 색깔이 없는 사람입니까? 식민지박람회의 개회식 연단에, 프랑스 공화국 대통령과 안남의 황제와 파리의 대주교 추기경이 참석하고, 선교사 관 맞은편에 식민지 총독들과 용병들이 자리를 잡고, 또 시트로앵 사社와 르노 사 회장단이 그들과 자리를 함께 했다는 사실은, 부르주아 계급 전체가 '거대한 프랑스'를 부르짖는 제국주의 이념과 공모했음을 명백하게 말해주고 있습니다! 지금 식민지에서는 살인이 저질러지지 않는 주週가 단 한 주도 없습니다! 여기 뱅센에서 벌어지고 있는 이 촌극, 이 이국적 장터축제는 저 멀리서 울리는 총살의 메아리를 듣지 못하게 하려는 의도로 조직된 것입니다……. 여기서 여러분은 웃고, 즐기고, 〈대나무 오두막집〉을

노래합니다. 그러나 모로코와 레바논과 중앙아프리카에서, 저들은 살인을 저지르고 있습니다. 파란색, 흰색, 붉은색*의 이름으로 말입니다…….

여자의 말들이 던진 최초의 충격이 가라앉고 나자, 좌중에서는 동요가 일더니 여기저기서 고함이 터지고 욕설이 튀어나왔다. 흥분한 일부 사람들이 쓰레기통들을 뒤엎어버리려고 달려들었고, 연설을 하는 여자의 두 남자 동료가 안간힘을 쓰며 그들의 압박에 저항했지만 역부족이었다. 그런 소동에도 여자는 연설을 중단하지 않았다.

— 현재 이 '물랭루주' 판 같은 프랑스에서 가장 높은 자리를 차지하고 있는 리요테, 뒤메닐, 두메르 같은 이들은 식민지에서 벌어지는 해골들의 사육제에 이제는 신경도 쓰지 않습니다…….

쓰레기통으로 만든 임시 바리케이드 위로 사람들이 던지는 물건들이 날아오르자, 총사무국을 지키는 경찰들의 시선이 마침내 그쪽으로 향했다. 그들은 뭔가 상의를 하는 듯하더니,

---

*프랑스 국기의 세 가지 색깔로, 각기 자유, 평등, 박애를 상징한다.

개중 세 명이 쓰레기통 연단 위에서 휘청거리고 있는 여자 쪽으로 곧장 나아갔다. 여자 편을 드는 사람들도 있었기에, 구경꾼들 사이에서는 주먹다짐이 벌어지고 있었다. 경찰들이 도착하자 오히려 이 여성 연사의 연설에 공감하는 사람들의 수는 불어났고, 그래서 경찰들은 동료들에게 지원을 요청하느라 폐의 힘을 다 짜내어 힘껏 호루라기를 불어야 했다. 갈색 콧수염을 기른 거구의 경찰이 여자의 발을 붙잡아 기어코 쓰레기통 아래로 끌어내렸다. 그는 털이 숭숭 난 무지막지한 손으로 여자의 입을 틀어막으려 했지만, 쏟아져 나오는 항거의 말을 막을 수는 없었다.

— 파리의 노동자들이여! 인류와 연대합시다! 이 '식민주의' 박람회를 방문하지 마시오! 총살을 집행하는 자들과 공모해서는 안 됩니다…….

경찰들을 도우러 온 포르트 도레의 개찰원들이 지원에 나서서 구경꾼들을 밀어내고 있었다. 바로 그 순간 나는 자리에서 몸을 일으키며 바디무앵에게 외쳤다.

— 지금이야, 바디무앵! 총사무국 입구를 지키는 사람이 아무도 없어.

우리는 성곽 도로를 가로질러 나무가 우거진 작은 화단을 따라갔다. 화단에는 태평양의 새들로 가득한 새 사육장이 설치되어 있었다. 어느 목련나무를 지나칠 땐 바디무앵이 그 묵직한 꽃송이들 아래 주차된 호치키스 경전차의 동체를 손으로 죽 그으면서 나아갔다. 우리는 이제 가로수길에 접어들어, 찰박거리는 자갈을 밟고 가고 있었다. 창가로 몰려들어 문틀에 팔꿈치를 괸 채 경찰들이 반동자들을 체포하는 광경을 웃으며 바라보고 있는 사무국 직원들에게 들키지 않도록, 우리는 상체를 바싹 숙였다. 안을 들여다볼 수 있게 구리철망이 씌워진 구멍이 하나 뚫려 있는 정문은 반쯤 열려 있었다. 나는 그 문을 밀고 길쭉한 복도로 들어섰다. 복도의 벽은 일본 종이로 도배되고 갖가지 사냥무기로 장식되어 있었다. 투창, 곤봉, 도끼, 활, 심지어 경옥으로 만든 할복용 단검까지 보였다. 복도 끝에는 한 계단에서 출발하여 양쪽으로 갈라지며 올라가는 두 개의 층계가 건물의 상층부로 이어지고 있었다. 바디무앵은 왼쪽, 나는 오른쪽 층계로 올라갔다. 하지만 층계참에 올라서기가 무섭게 돌연 누군가가 들어오는 소리가 들려 우리는 몸을 낮추지 않을 수 없었다. 난간을 받치는 기둥들 사이로 나는 그리모의 얼굴을 알아보았다. 우리가 머물던 구역으로 들어와서 경비원들에게 독일로 떠날 형제들의 선별 작업을 독려한 자가 바로 그였다. 미노에를 손가락으로 지목한 자도 바로 그였다. 그리모의 육중한 체중에 눌려 마룻바닥이 찌걱거리고 있었다. 내가 한 번도 본 적이 없는 청년 한 명이 그를 만나러 왔다.

— 프랑스령 인도 관 근처에서 작은 소동이 벌어졌다는 얘길 들었어. 자네도 알고 있나, 로브로?

— 예, 웬 여성 공산당원이 방문객들을 상대로 연설을 한 모양입니다. 하지만 이 분도 채 떠들지 못하고 공범들과 함께 경찰서로 잡혀갔습니다. 그리고 이곳을 뛰쳐나간 두 식인종이 동부역에서 목격되었다는 사실도 알려드립니다. 곧 체포하게 될 것 같습니다.

그리모는 그런 희소식을 전해준 데 대해 청년에게 감사를 표했다. 그리고 다시 걸음을 옮겨 쿠션을 댄 어느 문 앞에 멈춰 서더니 초인종을 눌렀다. 찰카닥 하는 소리에 이어 그가 문을 밀고 들어서려는 찰나, 이미 나는 그를 향해 몸을 날리고 있었다. 내가 그를 방 안으로 세차게 밀치며 들어섰고, 바디무앵이 나를 따라 들어와서는 우리가 곧 항의하느라 내지를 소리가 바깥으로 새어나가지 않도록 잽싸게 문을 다시 닫았다. 그리모는 바닥에 넙죽 엎어진 채로 마룻바닥에 흩어진 서류들을 주섬주섬 그러모으고 있었고, 고등판무관 알베르 퐁트비뉴는 책상 뒤에 서서 의자의 팔걸이를 꽉 움켜쥐고 있었다. 라디오에서는 〈베두인의 딸〉의 마지막 소절이 끝나고 뒤이어 어느 연사의 굵은 목소리가 흘러나왔다.

— 식민지박람회가 프랑스의 예술가들에게 분명 영감을 불어넣고 있습니다. 며칠만 지나면 우리의 자녀들이 바바르 이야기의 첫 권을 읽게 될 것 같군요. 엄마 코끼리를 사냥꾼의 총에 잃은 사랑스런 아기 코끼리 이야기죠. 서커스단 우리에 갇혀 있다가 탈출하여 도시로 달아나는데…….

나는 볼륨 조절단추를 돌려 라디오를 꺼버렸다. 그러자 백인 대장 퐁트비뉴가 내게 호통을 쳤다.

— 당신에게 라디오를 꺼달라고 부탁하지 않았소. 무슨 권리로 그러는 거요! 아니, 그보다 우선, 누가 당신들에게 이 방 출입을 허락해준 거요?

그때 그리모가 들쑥날쑥한 서류뭉치를 들고 몸을 일으켰

다. 나는 그를 어깨로 밀쳐버리고는 그의 상관 앞으로 나서며 말했다.

— 우리는 당신이 묻는 말에 대답하러 여기 온 게 아냐. 당신에게 질문을 하러 온 거지.

고등판무관의 입술이 한순간 바르르 떨리더니, 더듬거리며 말했다.

— 내게 좀 더 존경 어린 말투로 얘기할 수도 있을 텐데…….

그러자 바디무앵이 앞으로 나서며 그의 말을 받았다.

— 우리 카낙들의 나라에서는 말이오, 존경이라는 걸 눈 색깔처럼 태어날 때부터 갖고 태어나지 않소. 그건 삶을 통해 얻게 되는 거지. 우리가 누메아를 떠날 때 당신네들은 약속했잖소. 우리 부족사람들이 파리에 머무는 동안 늘 함께 있게 해주겠다고. 행동거지도 자유로울 거라고 말이오.

바디무앵의 말 한 마디 한 마디는 바로 내 생각을 그대로 표현하고 있어, 내 입술에서 훔쳐간 게 아닌가 싶을 정도였다.

— 한데 웬걸, 우리는 옷도 제대로 입지 못하고 엉덩이에 마누 조각만 달랑 걸친 채 추위에 떨며 지내야 했소. 무슨 야생 짐승들처럼 악어 늪지와 사자 굴 사이 철책 우리에 갇힌

채 말이오……. 우리를 식인종으로 소개하질 않나, 어린아이들은 땅콩을 던지질 않나, 독실한 가톨릭 신자인 우릴 보고 처를 여럿 두고 사는 미개인이라고 떠들어대질 않나…….

그러자 고등판무관이 그를 진정시키려고 말했다.

— 그런 일이 있는 줄은 몰랐소. 부하직원들이 그런 얘기는 통 해주질 않아서 말이오. 좀 더 일찍 내게 알려주었으면 좋았을 텐데…….

이 말에 내가 고등판무관의 멱살을 움켜잡으며 말했다.

— 이 거짓말쟁이! 나는 당신이 공화국 대통령과 리요테 원수를 따르는 수행단에 끼어, 우리 구역 철책 앞을 지나가는 걸 보았어……. 당신은 우리네 여자들이 젖가슴을 내보일 수밖에 없었던 처지를 잘 알고 있었어. 고향에서는 바다에서 멱을 감을 때도 미사용 드레스를 입고 있는 여자들인데 말이야. 경비원들은 우리가 방문객들 앞에서 사나운 짐승의 울음소리를 내지르는 걸 잠시 잊기라도 하면 여지없이 후려갈기지! 먹을 거라곤 우리 고향의 개들도 쳐다보지 않을 거나 주면서…….

— 진정하시오……. 이 손 좀 놓고……. 같이 의논을 하면

되지 않겠소. 그렇게 화를 내는 건 전혀 도움이 되지 않소. 처우를 개선하고 앞으로는 가혹행위가 없도록 하라는 지시를 내리겠소……

나는 멱살을 잡고 있던 주먹을 풀어주었다. 쿠션의 바람 빠지는 소리를 내며 그가 의자에 털썩 주저앉았다.

— 하지만 우리가 여기 온 건 그것 때문이 아냐. ……어제 기차 한 대가 우리 형제자매들을 태우고 독일 프랑크푸르트로 떠났어……. 카날라를 떠나기 전에, 나는 내 부족사람들이 모두 모인 자리에서 미노에를 잘 보살피겠다고, 절대 그녀에게서 눈을 떼지 않겠다고 맹세했어. 한데 당신들 두 사람 때문에 난 약속을 지킬 수 없게 되었지. 이 실수를 바로잡지 않고서는 고향마을에 낯을 들고 돌아갈 수가 없어.

그러자 뜻밖에도 그리모가 용기를 내어 입을 열었다.

— 우리가 어떻게 해주길 바라는 거요?

바디무앵이 그에게 다가가 배를 들이밀며 말했다.

— 그들을 돌아오게 해. 지금 당장! 문제를 만들었으면 분명 해결책도 알고 있겠지.

— 그게 그리 쉬운 일인지 아시오. 나는 기차 운행을 지휘

하는 사람이 아니오…….

그러자 고등판무관이 전화기 쪽으로 손을 뻗으며 맞장구를
쳤다.

— 자네 말이 맞네, 그리모. 철도청 관리들에게 우리는 사
실 별로 힘을 쓸 수가 없지. 그래도 노력은 해봐야 하지 않겠
나. 아마 그 사람들도 이분들의 주장에 그저 무심할 수만은
없을 거야…….

고등판무관이 전화번호를 하나 돌리고는 전화기를 얼굴 쪽
으로 가져갔다. 나는 지지직거리는 소리에 이어 찰카닥 하고
수화기를 드는 소리를 엿들을 수 있었다.

— 여보세요……. 여기는 박람회 총사무국입니다……. 고
등판무관실이요…….

나는 아차 싶어 후다닥 달려들었지만, 이미 때가 늦고 말
았다.

— 도와주시오! 빨리 와주시오! 카낙들이 여기 있소. 도와
주시오!

나는 그의 손에서 전화기를 뺏고 전화선을 잡아당겨 벽에
서 뽑아낸 다음, 수납가구 위에 걸린 액자 속 동물원 전도를

향해 집어던졌다. 액자 유리가 와장창 깨지는 소리에 이어 요란한 경보음이 울렸다.

— 이렇게 또 우리를 기만하다니. 난 그저 어떻게 하면 미노에를 되찾을 수 있는지 알려고 했을 뿐인데 말이야.

바디무앙이 책상 위로 훌쩍 뛰어올라 고등판무관의 목을 움켜잡았다. 두 사람은 바닥으로 굴러 함께 나뒹굴었다. 바디무앙이 주먹을 마구 휘둘러댔다. 그리모가 겁에 질린 얼굴로 나를 쳐다보며 말했다.

— 살려주시오……. 제발 봐주시오. 내겐 아이들이 있소…….

나는 어깨를 한 번 으쓱하고는 머리에서 발끝까지 그의 전신을 쓸어보며 말했다.

— 난 전사들만 공격해. 근데 어째서 그들을 프랑크푸르트로 보낸 거지? 우리와 함께 카낙 마을에 있도록 내버려두지 않고.

그리모는 위기를 모면하게 된 걸 큰 다행으로 여기며 그들이 떠나야 했던 이유를 순순히 털어놓았다.

— 늪지의 악어들이 모두 죽어버렸소. 독일의 회프너 서커

스단으로부터 악어들을 빌리기로 했는데, 대신 카낙들을 그 만큼 보내주어야 한다는 게 그들의 조건이었소…….

호루라기 소리가 울려 퍼지면서 박람회 방문객들의 물결 위로 솟아오르는 왁자지껄한 소음을 덮어버렸다. 나는 창가 로 가서 몸을 숙이고 바깥의 동정을 살펴보았다. 경찰 십여 명이 건물을 포위하고 있었고, 또 다른 여러 명이 안으로 밀 고 들어올 태세를 갖추고 있었다.

— 경찰들이 아래에서 우릴 기다리고 있어, 바디무앵. 한데 숫자가 너무 많아. 어제 샤펠 로의 공동숙소에서 했던 것처럼 해야겠어.

우리는 고등판무관실을 떠나 복도를 가로질러 어느 작은 방으로 뛰어들었다. 방 안에 있던 비서가 깜짝 놀라 날카로운 비명을 지르기 시작했다. 그 방의 창문은 오세아니아 박물관 에 인접한 영화관의 평지붕과 잔디밭 위로 나 있었다. 나는 난간을 넘은 뒤 쇠를 벼려 만든 장미꽃 문양의 장식을 붙잡고 서 벽면에 매달렸다. 그리고 앞뒤로 몸을 흔들어 돌을 피해 아래로 뛰어내렸다. 바디무앵도 내가 한 것처럼 했다. 그가 막 다시 몸을 일으켰을 때, 돌연 경찰 두 명이 관내의 샛길에서 튀어나왔다. 그들이나 우리나 놀라긴 마찬가지였지만, 그들은 겁에 질려 그 자리에서 꼼짝없이 얼어붙었다.

— 어서 서둘러, 바디무앵. 앞으로 곧장 뛰어. 박람회장 쪽으로. 우리에겐 그 길뿐이야. ……혹시 헤어지게 되면 포파나의 은신처에서 만나기로 해.

그러나 두 경찰 중 한 명이 이미 정신을 차리고 있었다. 그가 권총을 꺼내 들고 우리를 겨냥하며 외쳤다.

— 멈춰……. 손들지 않으면 쏜다…….

우리는 앞으로 곧장 치달아 그들을 확 밀쳐버리고 뛰기 시작했다. 그 길 끝에, 국제적십자사로 이어지는 한길 위로 수많은 사람들이 오가는 모습이 보였다. 우리는 그 행인들 무리에 합류하려고 내달렸다. 어느 순간, 총성이 몇 발 울렸다. 발치의 땅바닥에서 흙이 튀었다. 내가 달리는 속도를 늦추자, 바디무앵이 무너지듯 내 등에 부딪쳐 왔다. 그의 머리가 내 어깨 위에 얹혔고, 내 목덜미에 그의 가쁜 숨결이 느껴졌다.

— 고세네, 아, 아파……. 저들이 나를……. 고세네…….

내가 몸을 돌리자 그가 내 품안에 쓰러졌다. 생명이 그의 육신을 떠나고 있었다. 나는 무릎을 꿇었다. 그의 몸이 무기

력한 인형처럼 내 움직임을 따랐다.

— 정신 차려, 바디무앵. 제발, 정신 차려…….

내가 그를 놓아주자, 그는 자갈길 위에서 몸을 웅크렸다. 그의 몸은 어머니 뱃속의 태아 같은 모습이었다. 경찰들이 우리를 에워쌌고 그들의 무기가 햇빛에 번쩍거렸지만, 나는 그들도, 그들의 번쩍거리는 무기도 쳐다보지 않았다. 내가 바디무앵의 머리를 들어 올렸고, 마지막으로 우리의 시선이 서로 얽혔다. 그는 미소를 지으며 죽어갔다. 세우 추장의 말들이 내 입술 위로 내려앉았다.

어째서 이 나라는 이토록 어두운가
무엇이 태양의 빛을 퇴색시켜
구름 걷힌 공간마저 어둡게 하는가
날은 어둠을 물리치지 못한 채
구름 사이에서 망설이고 있다
우리는 구름을 깨트릴 것이다
우리는 안개를 찢을 것이다……

다시 얼굴을 쳐들자, 어느 경찰의 권총 총구가 내 이마에 닿았다. 그는 자신이 미소를 짓는다고 생각했겠지만 그의 표정은 일그러져 있었다. 그의 손가락이 방아쇠 위에서 하얗게 질려가는 것이 보였다. 이제 바디무앙을 만나러 가게 되는구나 하고 생각하고 있는데, 한 사내가 불쑥 끼어들었다.

— 당신에게는 무기도, 방어 능력도 없는 사람에게 총을 쏠 권리가 없소. 그 사람이 무슨 일을 저질렀는지는 모르지만, 그건 살인행위요.

권총이 그 사내 쪽을 향했다.

— 이건 또 뭔가……. 웬 참견이지?

끼어든 사내의 어조는 기이할 만큼 차분했다.

— 나와 상관이 있는 일이니까요.

그러자 경찰이 비웃음을 흘리며 말했다.

— 한 가족 같아 보이지는 않는데 그래!

경찰들이 무리지어 있는 곳에서 킬킬거리는 소리가 들렸지만, 사내는 그쪽에는 신경도 쓰지 않았다. 사내가 위험을 무릅쓰고 앞으로 나서며 말했다.

— 나는 이 길 끝에 있는 마다가스카르 관 앞에 있다가, 당

신들이 저 사람의 등을 총으로 쏘아 쓰러뜨리는 걸 목격했소. 저 사람은 어느 누구도 위협하지 않았소. 한데도 당신들은 지금 또 총을 쏘려 하고 있소.

구경꾼들이 총을 든 경찰들로부터 어느 정도 거리를 두면서 잔디밭 주위로 몰려들자, 경찰들은 그들을 해산시키려 했다.

— 자자, 그만들 가보시오. 별일 아니니 어서들 물러가요.

그때 사복차림을 한 경찰이 다른 경찰 세 명을 손으로 가리키며 말했다.

— 자네, 자넨 어디 가서 시체를 덮을 덮개를 좀 찾아봐. 그리고 자네들 둘은 이 야만인에게 수갑을 채우고, 다시는 우리 손아귀에서 빠져나가지 못하도록 두 다리도 꽁꽁 묶어버리도록 해.

그가 바로 경찰서장이라는 사실을 나는 나중에야 알았다. 그는 이제 체포 현장에 끼어든 사내 쪽으로 돌아서더니 사내를 뚫어지게 쏘아보며 말했다.

— 너, 말 많은 녀석, 대가를 치르게 될 테니 조금만 기다려. 너도 체포한다.

곧 호송차 한 대가 경적을 빵빵거리며 구경꾼들을 양쪽으로 밀어내면서 가까이 다가왔다. 군중 앞에서 시위를 하던 여성 연사와 호위 동료 두 사람을 싣고 간 차와 비슷하게 생긴 차였다. 차의 뒷문이 열리자, 그들이 우리를 짐짝처럼 안으로 내동댕이쳤다.

누군가가 차체를 주먹으로 쿵 치며 말했다.

— 자, 됐소. 출발하시오!

경찰들이 양쪽의 긴 나무의자 위에 죽 자리를 잡고 앉아 있어, 이동하는 동안 내내 나는 그들의 군화에서 풍기는 구두약 냄새를 맡아야 했다. 나는 강철로 된 바닥을 엉금엉금 기어서 나를 구해준 사내 곁으로 다가가 물었다.

— 당신이 아니었다면 난 이미 이 세상 사람이 아닐 겁니다. ……그들은 당신마저 죽일 수 있었어요. 왜 그런 위험을 감수한 거죠?

호송차가 어느 사거리 앞에서 급정거를 했다. 그러면서 내 머리가 의자의 쇠기둥에 부딪쳤다.

— 의문은 일이 벌어지기 전에 갖는 거요. 이렇게 된 마당에는 그저 가만있는 게 상책이지.

경찰서에 도착해서 우리는 헤어졌고, 그 후 나는 법정에서야 그를 다시 볼 수 있었다. 그는 공무수행 중인 공권력에 반항한 죄로 징역 삼 개월을 선고받았다. 나는 파리 근교의 프렌 감옥에서 십오 개월 동안 수감되었다. 내가 '르 샹티이' 호를 타고 마르세유 항을 떠난 것은 식민지박람회와 독일 서커스단 공연에 참가했던 형제들이 모두 고향으로 돌아간 지 일 년도 더 지나서였다…….

에필로그

이앙겐 만에서 불어오는 바람이 카나키 깃발과 나무처럼 자란 고사리 줄기들, 그리고 종려나무의 넓은 잎사귀들을 흔들고 있다. 저 멀리 현무암 절벽의 시커먼 그림자 너머에는 게으른 파도들이 초호의 새하얀 물 위에 주름을 접고 있다. 칼리가 담배에 불을 붙이려고 잉걸불 쪽으로 몸을 기울인다. 그리고 담배를 몇 모금 소리 없이 빨아들이더니 드디어 입을 연다.

— 그럼 말이요, 영감님, ……파리에서 영감님의 목숨을 구해주었다는 사람이 좀 전에 닛산 자동차를 몰고 여기 왔던 바

로 그 사람이란 얘긴가요?

와티오크는 나를 쳐다보지 않는다. 그는 그저 어느 망고나무 주위를 날아다니는 앵무새 한 쌍에게 관심을 기울이는 척하고 있다.

— 그렇다네. 바로 그 사람이야. ……나를 바래다주려 했지만, 자네들이 쫓아버린 바로 그 늙은이라네.

칼리가 담배꽁초를 신경질적으로 잘근잘근 씹어댄다. 그러다가 입술에 붙어 잘 떨어지지 않는 담배를 다시 뱉으며 말한다.

— 우린 몰랐으니까요. 그런 줄 알았다면 두 분을 통과시켜드렸을 텐데…….

— 하지만 자네가 그때 바리케이드를 열어주었다면, 지금 자넨 그 사람에 대해 아무것도 모르고 있을 게 아닌가!

내가 와티오크에게 잔을 내밀어 차를 좀 더 부어주길 청하자, 그가 뜨거운 주전자에 데지 않으려고 손잡이를 헝겊으로 감싸며 묻는다.

— 그분은 박람회를 구경하고 있던 칼도슈였나 보지요?

나는 달짝지근한 차를 조금 들이마시고 나서 대답한다.

— 아닐세. 그는 파리 근교 생드니에 살고 있었네. 플렌 지구의 가스탱크 작업장에서 일하고 있었지. ……이름은 프랑시스 카로라고 하네. 그냥 건실한 노동자였어. 다만 흑인이건 백인이건 무고한 사람을 함부로 죽이는 행위를 참지 못했던 거지.

칼리가 손가락으로 담배꽁초를 잉걸불 속에 튕겨버리더니 묻는다.

— 그런데 두 분은 어떻게 이곳 카나키에서 다시 만나게 된 건가요?

— 십오 년쯤 전에 프랑스에서 온 편지를 한 통 받았다네. 봉투에는 이렇게 적혀 있었어. '누벨칼레도니, 카날라 부족, 고세네 씨 앞.' 우리 집안사람 중 한 분이 그 편지를 들고 탕도까지 와서 내게 전해주었지. 편지는 손녀딸이 읽어주었네. 프랑시스 카로의 편지였어. 직장에서 은퇴를 하고 최근에 부인과 사별했다는 내용이었지. 답장을 보냈더니, 관광차 우리나라로 바캉스를 왔다네. 그러고는 이 나라의 매력에 푹 빠져 두 번 다시 떠나지 않았지.

나는 이제 몸을 일으킨다.

— 내 이야기는 끝났네. 이젠 다시 길을 떠나야지.

칼리와 와티오크가 손에 총을 들고 나를 따라나선다. 니아울리 숲을 가로지르는 작은 산길에 접어들 때쯤, 두 사람이 거의 동시에 입을 연다.

— 영감님, 아직 우리에게 얘기해주지 않은 게 한 가지 있는데요…….

걸음을 멈추고 그들 쪽을 돌아본다. 눈들이 짓궂은 장난기로 반짝이고 있다. 결국 칼리가 입을 연다.

— 미노에 말입니다, 카날라 부추장의 따님……. 다시 만났나요?

— 미노에는 지금 저 위, 탕도에서 나를 기다리고 있다네. 이 나라에서 요즘 일어나고 있는 일들로 인해, 지금쯤 아마 내 걱정을 적잖이 하고 있을 걸세.

다시 발길을 돌려 걸어가다가 언덕 꼭대기에 이르러 마지막으로 한 번 뒤를 돌아본다. 두 청년이 바리케이드로 친 쓰러진 나무들 위에 올라 내게 손을 흔들어주고 있다. 강의 지류에 이르려면 아직 한 시간은 더 걸어야 한다. 가넴 부족의 참마 밭과 타로토란 밭을 따라 걷고 있을 때, 헬리콥터 두 대가 하늘을 찢는 요란한 소리를 내며 강줄기를 따라 날아간다. 헬리콥터들이 만을 향해 멀어져가는 모습을 가만히 지켜보고 있는데, 어디선가 최초의 총성이 연이어 울리고 숲의 새들이 사방으로 날아오른다. 문득 지난날의 문장 하나가 머릿속에 떠오른다.

— 의문은 일이 벌어지기 전에 갖는 거요. 이렇게 된 마당에는 그저 가만있는 게 상책이지.

나는 돌아서서 길을 재촉한다.

식인종 혹은,
제국주의의 악惡과 '천국'의 아이들

《파리의 식인종》을 읽어나가는 동안 역자는 줄곧 두 개의 이미지에 사로잡혀 있었다. 하나는 텔레비전에서 본 이미지요, 다른 하나는 책에서 읽은 이미지다.

텔레비전에서 본 이미지란, 2년 전쯤 우연히 '팔라우의 미스터 김'이란 제목의 미니다큐에서 보았던 팔라우공화국 펠렐리우 섬의 이미지를 두고 하는 말이다. 눈부신 햇빛과 수중보처럼 펼쳐진 환초, 강렬한 태양과 형형색색의 산호들이 어우러져 만드는 환상적인 물빛, 인간의 손을 타지 않아 태초의 모습을 그대로 간직하고 있는 듯한 비경……. 그것은 천국의 이미지였다. 오늘날, 북태평양의 그 팔라우 군도가 "신들의 바다정원"으로 불린다면, 이 소설의 배경이 된 남태평양의 누벨칼레도니 군도는 "천국에서 가장 가까운 섬"으로 불리고 있다.

그러나 책(에드위 플레넬의 《정복자의 시선》)에서 읽은 또 하나의 이미지, 그것은 지옥의 이미지다. 이 이미지는 남아프리카에서 보어인 특공대원들에게 사로잡힌 한 원주민 여성, 훗날 "호텐토트 비너스"로 불리게 된 한 여성과 결부되어 있다. 가족이 모두 그들에게 살해당하고 그녀는 혼자 살아남아 남아프리카 남부지방 카프에 노예로 끌려갔다. 그 후 영국 해군 소속의 어느 의사에게 팔려 열여섯 살 때 영국 본토로 보내졌고, 1810년 런던에 도착한 뒤에는 짐승처럼 우리에 갇힌 채 저자거리에 전시되었다. 호텐토트족 여성 특유의 돌출된 둔부와 큰 가슴을 지닌 신체구조가 유럽인들의 눈요깃감으로 전시된 것이다. 사람들은 몇 실링만 주면 그녀의 성숙한 신체 부위들, 넓은 대퇴부며 돌출한 생식기까지 한가롭게 살펴볼 수 있었다고 한다. 그러다 그녀의 처지를 불쌍히 여긴 영국 휴머니스트들의 압력에 의해 그녀는 프랑스로 보내지게 되는데(18세기 말에 이미 자국 내의 노예제를 폐지한 영국과는 달리, 당시 프랑스에서는 노예제도가 여전히 합법이었고 이는 1845년(식민지에서는 1848년)에 이르러서야 폐지된다), 프랑스에 건너가서는 동물조련사에게 팔려 서커스단에 끌려 다니고 매춘까지 강요당하다가 1815년 3월, 스물일곱 해를 다 채우지 못한 나이로 그 참담한 일생을 마감한다.

같은 인간을 짐승처럼 우리에 가둬놓고 전시하고자 하는 인간의 이 '야만스런' 욕망은 대체 어디에서 오는 것일까? 그것은 자연스런 욕망인가, 아니면 문명의 상습이 빚어낸 욕망인가? 18세기의 저명한 프랑스 박물학자 뷔퐁은 호텐토트족을 원숭이들 중에서 가장 인간에 가까운 오랑우탄의 일족으로 분류했다. 뷔퐁이라는 위대한 스승의 분류표에 의거하여, 이 야만족 표본에 크게 흥미를 느낀 파리 왕립식물원의 학자들은 그녀가 죽은 뒤에도 계속 시신을 보유하고자 했다. 그리하여 그녀의 시신은 해부되고, 해체되고, 내장이 들어내어지고, 박제되어 초석으로 만들어졌으며, 결국 생전에 그랬던 것처럼 사후에도 파리의 인간 박물관에서 대중에게 전시되었다. 이 해괴한 전시 행각은 과학적 편견과 교육학적 알리

바이 사이를 오가며 1970년대 중반까지 계속되었고, 그 후 뒤늦게 수치심이 일어 한동안 자제되었다가, 1994년 '모든 사람들을 위한 과학'이라는 제목의 오르세 박물관 전시회 때 다시 한번 대중 앞에 모습을 드러냈다. 이때쯤에야, 인종차별 정책으로부터 해방된 넬슨 만델라의 새 남아프리카공화국이 프랑스 당국에 이 '식민지 시대의 유물'을 반환해줄 것을 요청했고, 그리하여 그녀는 2002년 8월 9일, 남아프리카공화국의 '여성의 날' 기념일에 드디어 안식을 얻게 된다. 사망한 지 거의 이백 년 가까이 되어서야 그녀의 유해는 만델라의 후임 대통령 타보 음베키가 지켜보는 가운데 씻기고 정화되어 마침내 고향땅에 안장된 것이다.

이 책을 읽어나가는 동안 이 호텐토트 여성의 이미지가 줄곧 역자의 머릿속을 맴돈 것이 단순한 우연일까? 옮긴이의 말을 정리하다가 알게 된 사실 하나는 그것이 그저 우연만은 아님을 말해준다. 이 호텐토트 비너스의 박제된 유해가 에펠탑 근처 인간 박물관에 전시되어 있을 당시, 수십 년 동안 프랑스 초등학교 학생들은 그곳으로 견학을 가고 있었다. 물론 그 어린 관람객들은 그녀가 겪은 고난과 굴욕의 생애에 대해서는 아무런 얘기도 듣지 못한 채였다. 1956년의 어느 날, 난생 처음 박물관이라는 데를 방문한 어린 디디에 데냉크스를 그곳에서 맞이한 이가 바로 이 아프리카의 비너스였다고 한다. 저자의 어린 시절 이루어진 그 만남이 이 소설의 기원이 아니라고 누가 장담할 수 있겠는가?

❧

《파리의 식인종》은 역사적 사실을 바탕으로 한 소설이다. 1931년 파리에서 개최된 식민지박람회에 누벨칼레도니의 토착 원주민 백여 명이 오세아니아의 전통 생활양식을 전시하기 위해 참석한다. 한데 이 행사의 공식 개회식을 며칠 앞두고 까닭 모르게 악어들이 떼죽음을 당하자, 박람회 지휘부는 독일의 한 서커스단에서 악어들을 빌려오기로 하고, 대신 악어 수만큼 이 남태평양의 '식인종'들을 서커스단으로 보낸다는 꾀를 낸다. 소설은 바로 이 역사적 사실에 입각하여(실제로 이들은 파리의 서쪽 불로뉴 숲에 전시되었고 함부르크를 비롯한 독일 몇몇 도시의 동물원으로 보내졌는데, 소설 속에서는 각각 뱅센 동물원과 프랑크푸르트의 서커스단으로 각색되었다), 젊은 시절 식민지박람회에 '식인종'으로 전시되었던 한 노인의 회고를 통해 현재의 누벨칼레도니와 1931년의 파리를 오가며 전개되고 있다. 저자가 구체적으로 날짜를 명시하고 있지는 않지만, 소설 속의 현재는 누벨칼레도니에 독립운동의 기운이 왕성하던 1980년대로 짐작할 수 있는데, 당시 독립운동을 주도하던 장마리 치바우는 먼저 경제자립을 한 뒤 독립을 해야 한다고 주장하다가 1989년 반대파에게 암살당했다. 소설은 노인의 회고 사이사이에 현재의 누벨칼레도니에서 벌어지는 일들을 간간이 삽입시키는 구성을 취함으로써, 지금 이 섬에서 일고 있는 폭동의 기운이 먼 과거에 뿌리내리고 있음을 암시하고 있다.

그렇다면 《파리의 식인종》은 제국주의의 악을 고발하는 소설인가? 물론이다. 중심 주제는 분명 그렇다. '박람회 참가'라는 일종의 문화행사로 위장되어 있기는 하지만, 우리에 갇혀 전시되고 악어와 맞교환된 누벨칼레도니 원주민들의 불행에는 지난날 '호텐토트 비너스'의 참담한 운명, 그 지옥의 이미지가 어른거리고 있다. 호텐토트족을 오랑우탄으로 분류한 뷔퐁의 분류표가 그랬듯이, 누벨칼레도니 원주민들이 '식인종'임을 고지하는 현수막은 식민지 지배와 인간 전시라는 야만행위를 정당화하기 위한 알리바이다. 에드워드 사이드는 《오리엔탈리즘》에서 그들의 그러한 의식 혹은 무의식적 기획, 즉 정복을 정당화하기 위한 그 거대하고도 총체적인 제국주의의 '기획'을 적나라하게 고발한 바 있다.

사실 1931년의 이 사건은 카낙들에게 너무나 충격적이었기에 그들 스스로 입을 다물고는 오랫동안 그들의 역사에서, 그들의 기억에서 추방시켜버렸던 사건이다. 카낙들의 그 감춰진 역사, 그 억눌린 분노를 디디에 데냉크스가 이 짧은 소설에서 재조명하여 세상에 널리 알리고 있는 것이다. 이에 얽힌 흥미로운 에피소드가 하나 있다. 데냉크스가 1998년 이 책의 집필을 끝낼 무렵, 파리의 한쪽에서는 프랑스 월드컵 개장 준비가 한창이었다. 그때 누벨칼레도니 출신으로 프랑스 국가대표 축구팀에서 활약하고 있던 크리스티앙 카랑뵈 선수의 성이 저자의 머릿속에서 계속 맴돌았다고 한다. 그리하여 그는 이 작품을 쓰기 위해 모아놓은 자료를 다시 들추어보았고, 마침내 독일의 악어들과 맞교환된 카낙들 중 한 사람의 이름이 윌리 카랑뵈였음을 알아차렸다. 그로부터 5개월 후, 저자는 월드컵 우승컵을 거머쥔 프랑스 군단의 크리스티앙 카랑뵈를 직접 만나게 되는데, 저자가 내미는 1931년 카낙들의 사진을 보는 즉시 카랑뵈 선수는 자신의 증조부와 외증조부를 가리켜보인다. 이 소설 속에서 딱 두 번 이름이 등장하는 윌리 카랑뵈의 증손자가 바로 크리스티앙 카랑뵈인 것이다. 그는 자신의 증조부가 고향에 돌아왔을 때 사람이 확 변해있었고, 그 "치욕의 여행"을 통해 공격적이고 폭력적인 사람이 되어 두 번 다시 거기서 회복되지 못했다는 얘기를 들었다고 말한다. 그리고 자신도 식민지 시절 카낙들이 겪은 고통과 수난을 어느 정도는 알고 있었지만, 그것보다 훨씬 더 심각한 일들이 있었음을 이 책을 읽고 난 뒤에 알게 되었다고 말한다. "식인종"의 아들 크리스티앙 카랑뵈는 축구경기 시작 전에 선수들이 부르는 프랑스 국가 라마르세예즈를 따라 부르지 않았다. 누벨칼레도니의 독립을 염원하는 뜻에서였다. 그의 이 침묵…… 그것은 제국주의의 악과 그에 따른 정신적 외상에 대한 말없는 증언이라 할 수 있을 것이다.

하지만 그뿐일까? 《파리의 식인종》은 그런 악을 다시 한 번

고발하는 소설일 뿐일까? 그렇다면 악어와 맞교환된 형제자매들을 찾아 나선 두 '식인종'의 눈이 그다지 적개심에 불타는 것 같지 않은 이유는 무엇인가? 그들의 눈에 비친 파리 풍경과 수시로 회고되는 고향땅의 대비, 흉측한 문명의 숲과 천연의 맹그로브 숲의 대비, 문명화에 지친 문명과 돌아가야 할 자연의 부단한 대비, 이는 뭔가 다른 것을 얘기하는 것 같지 않은가? 1930년대의 파리다. 파괴와 건설을 거듭하는 도시, 두더지 굴 같은 지하철 풍경, 전화戰禍에 일그러진 문명과 찌푸린 얼굴의 파리지앵들을 바라보는 그들의 시선에는 오히려 측은해하는 빛마저 어려 있다. 저자가 의도했건 의도하지 않았건, 이 소설에서는 시종 야생의 천국과 문명의 지옥이 대비되고 있다. 저자는 낙원의 아이들을 식인종으로 꾸며 뱅센 동물원에 전시한 문명인들의 행위를 역으로 전시하면서, 우리에게 이런 질문을 던지고 있는 것 같다. 자, 과연 어느 쪽이 진짜 식인종인가? 인간의 미래는 어느 쪽에 있는가? 식인종이라 일컬어진 야만인들의 땅이 오늘날 천국에서 가장 가까운 섬으로 불리는 아이러니를 여러분은 어떻게 생각하는가?

따뜻한 인간애도 있다. 키치적 감정표현이 난무하는 세상이기에, 사랑과 우정을 이처럼 소리 없이 은근하게 그려내는 솜씨가 더욱 살갑게 느껴진다.

2007년 여름, 옮긴이

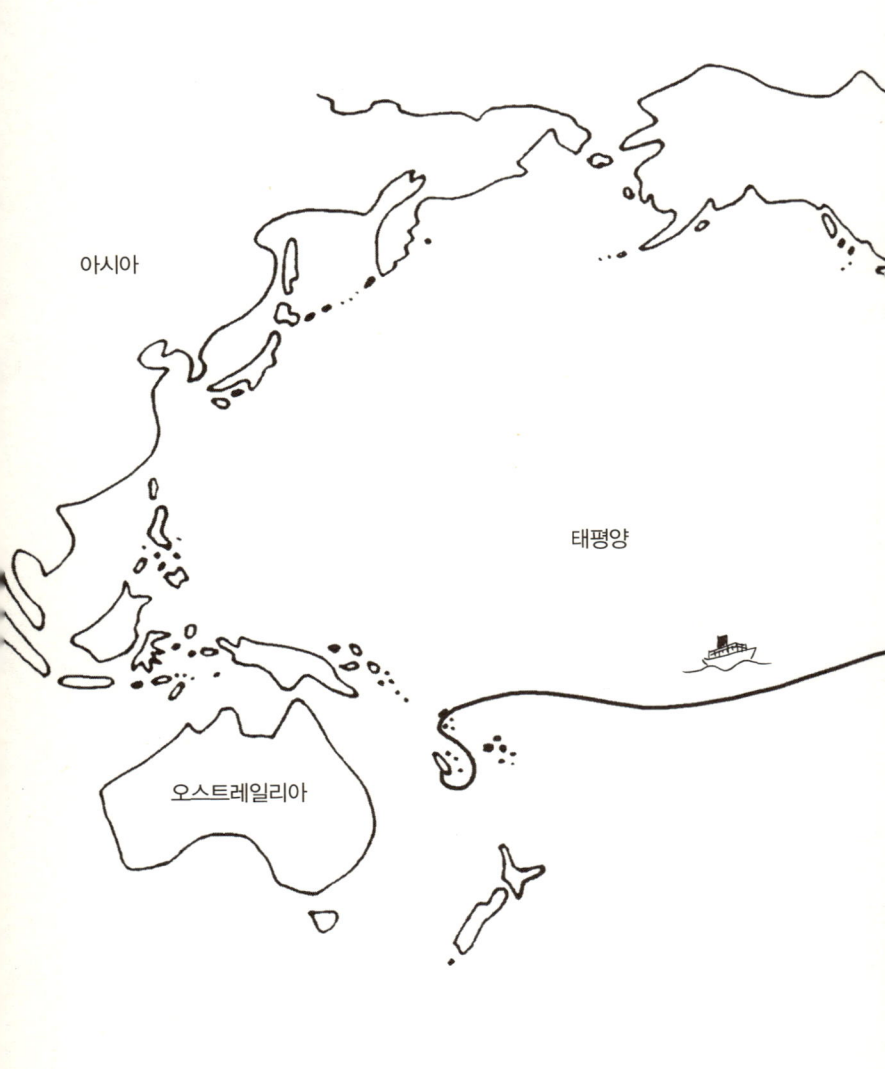

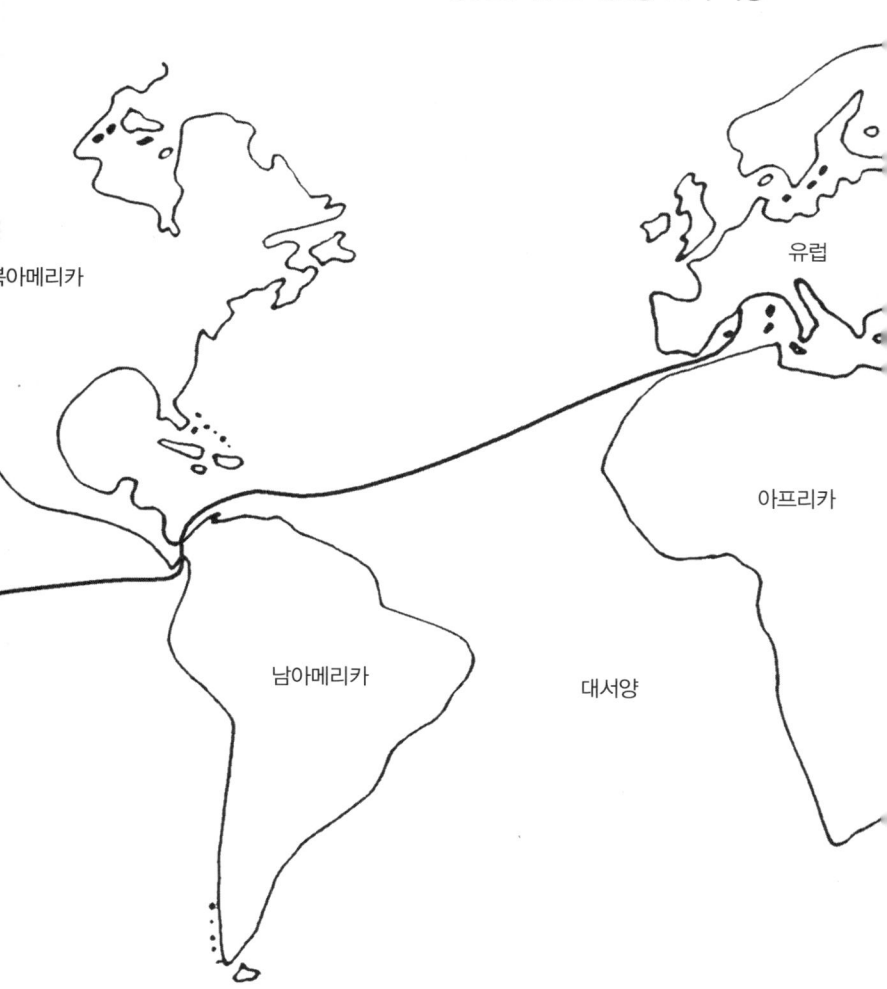

1931년 '빌 드 베르됭' 호의 여정

북아메리카

유럽

아프리카

남아메리카

대서양

옮긴이 **김병욱**

프랑스 사부아 대학에서 현대시 연구로 불문학 박사학위를 받았다. 현재 성균관
대 인문과학연구소 선임연구원으로 활동하며 강의와 번역 작업을 병행하고 있
다. 옮긴 책으로는 밀란 쿤데라의 《불멸》과 《느림》, 에드위 플레넬의 《정복자의
시선》, 크리스티앙 자크의 《이집트 여행》, 베르나르 앙리 레비의 《머릿속의 악마》
와 《아메리칸 버티고》 외에 다수가 있다.

파리의 식인종

초판 1쇄 인쇄 2007년 11월 5일
초판 1쇄 발행 2007년 11월 12일

지 은 이 디디에 데냉크스
옮 긴 이 김병욱
펴 낸 이 조동욱
책임편집 임지원

펴 낸 곳 도마뱀출판사
출판등록 2007년 5월 7일 제300−2007−83호
주   소 서울시 종로구 낙원동 58−1 종로오피스텔 1211호
전   화 (02)6261−8847
팩시밀리 (02)744−8847
전자우편 editor@domabaem.co.kr

ISBN 978−89−960189−0−2 03860

* 책값은 뒤표지에 있습니다.
* 잘못 만들어진 책은 바꿔드립니다.